GABRIELLE ROY

Une histoire à peine inventée

Catalogage avant publication de Bibliothèque et Archives nationales du Québec et Bibliothèque et Archives Canada

Roy, Pierre, 1959-

    Gabrielle Roy : une histoire à peine inventée

    Pour les jeunes de 12 ans et plus.

    ISBN 978-2-89647-437-0

1. Roy, Gabrielle, 1909-1983 – Romans, nouvelles, etc. pour la jeunesse. I. Titre. II. Titre : Histoire à peine inventée.

PS8585.O922G32 2011   jC843'.54   C2010-942510-3
PS9585.O922G32 2011

Les Éditions Hurtubise bénéficient du soutien financier des institutions suivantes pour leurs activités d'édition :

– Conseil des Arts du Canada ;
– Gouvernement du Canada par l'entremise du Programme d'aide au développement de l'industrie de l'édition (PADIÉ) ;
– Société de développement des entreprises culturelles du Québec (SODEC) ;
– Gouvernement du Québec par l'entremise du programme de crédit d'impôt pour l'édition de livres.

Éditrice jeunesse : Sandrine Lazure
Conception graphique de la couverture : René St-Amand
Illustration de la couverture : François Thisdale
Maquette intérieure et mise en pages : Martel en-tête

Copyright 2011, Éditions Hurtubise inc.
ISBN : 978-2-89647-437-0

Dépôt légal : 1er trimestre 2011
Bibliothèque et Archives nationales du Québec
Bibliothèque et Archives Canada

Diffusion-distribution au Canada :
Distribution HMH
1815, avenue De Lorimier
Montréal (Québec) H2K 3W6
Téléphone : 514 523-1523
Télécopieur : 514 523-9969
www.distributionhmh.com

Diffusion-distribution en Europe :
Librairie du Québec/DNM
30, rue Gay-Lussac
75005 Paris FRANCE
www.librairieduquebec.fr

Imprimé au Canada
www.editionshurtubise.com

Pierre Roy

GABRIELLE ROY
Une histoire à peine inventée

Hurtubise

Pierre Roy

Pour écrire ce livre, Pierre Roy a lu ou relu plus de quatorze mille pages et consulté une montagne de documents audiovisuels sur Gabrielle Roy. Il s'est aussi rendu à la grille du chalet de Petite-Rivière-Saint-François et a visité l'immeuble du *Château Saint-Louis*, à Québec, où elle a habité.

Tout comme Gabriel Roy, cousin et ami de Gabrielle Roy, l'auteur de cette histoire voulait devenir missionnaire quand il était très jeune. Il était prêt à se faire martyriser pour évangéliser les tribus sauvages et sauver les âmes.

Il a toutefois changé d'avis et est plutôt devenu professeur, pour pouvoir torturer ses étudiants. Tout en enseignant, Pierre Roy a passé une maîtrise en sciences de l'éducation (spécialisée en supplices et châtiments) et un doctorat en lettres.

Gabrielle Roy – Une histoire à peine inventée, est son vingt et unième livre.

À Constance G. B.
et Geneviève R. B.

Est créateur sans doute tout être qui aide, selon ses moyens, à laisser le visage de la Terre un peu plus agréable à regarder à cause de lui.

GABRIELLE ROY

1

La grippe espagnole

De cette terrible guerre, nos soldats n'ont pas rapporté que des blessures et des souvenirs. Une maladie les a aussi suivis. C'est du moins ce que je viens de lire dans le journal :

« En ce début de l'année 1919, la grippe espagnole infecte encore des milliers de Canadiens. Elle tue, parfois en quelques heures seulement. Des jeunes hommes et des jeunes femmes en pleine santé se couchent sans symptôme pour ne jamais se réveiller. La maladie provoque une bronchite si sévère qu'elle cause la mort par suffocation. Au lieu de s'attaquer aux gens très jeunes ou très âgés, elle terrasse des personnes de 15 à 35 ans.

« On a répertorié jusqu'à présent 14 000 cas au Québec, 43 000 au Canada et 400 000 aux États-Unis. À travers le monde, la grippe espagnole aurait fait plus de 20 millions de victimes.

« On constate cependant que les familles isolées sur leur ferme échappent en général à la contagion. »

Enfin un avantage au fait de vivre à la campagne ! Si l'électricité et la radio ne nous ont pas encore trouvés, on dirait que la grippe espagnole n'y arrive pas, elle non plus. À moins que ce ne soit à cause de nos prières ? Ce sont peut-être elles qui nous protègent de la maladie. Il faut dire que nous prions beaucoup, chez nous. J'ai parfois l'impression d'y passer plus de la moitié de mon temps. C'est la vérité, je vous assure ! Tout d'abord, je dois faire une prière le matin. Une autre en arrivant à l'école. Même chose le midi, avant le repas et en recommençant la classe. À la fin de l'après-midi, encore une.

Vous pensez que c'est terminé ? Vous n'avez rien vu.

Chaque soir sonne l'heure du chapelet. À genoux, les mains jointes et les yeux fermés, nous récitons toujours les mêmes prières. C'est ma mère qui dirige :

— Je crois en Dieu, le Père Tout-Puissant, Créateur du ciel et de la Terre…

Ce à quoi nous répondons :

— Je crois au Saint-Esprit. La sainte Église catholique, la communion des saints… Ainsi soit-il.

Viennent ensuite un *Notre Père*, trois *Je vous salue, Marie*, un *Gloire soit au Père* et encore une tonne de *Je vous salue, Marie*.

Vous allez dire que j'exagère, mais je sens que de petites ailes sont en train de me pousser entre les omoplates. Surtout lorsque je m'agenouille pour remercier le Seigneur et lui demander de protéger la famille, avant d'aller dormir.

Jusqu'à l'an dernier, je comprenais. Il fallait prier pour nos soldats partis à la guerre. Mais aujourd'hui, en 1919, la guerre est finie ! Alors, pourquoi continuer ? À part pour demander protection contre la grippe espagnole, je ne vois vraiment pas d'autre raison.

Je vais en parler à mademoiselle Brunelle, demain matin.

2

Monsieur le curé

Aujourd'hui, nous devons nous montrer sages et obéissants. Tout de suite après la prière, mademoiselle Brunelle nous a avertis :

— Ce matin, nous recevrons la visite de monsieur le curé. Pour commencer, nous allons vérifier si les troisième année ont bien étudié leur catéchisme*.

Comme chaque heure ou presque, Thérèse se lève.

— Est-ce que je peux aller aux toilettes, mademoiselle Brunelle ?

Elle sort en courant.

— Bon, commençons. Qu'est-ce qu'un esprit ?

Charlotte lève la main.

— Un esprit est un être qui n'est pas matériel et qui est capable de comprendre et de vouloir.

_____

* Dans les écoles de rang, à la campagne, on retrouvait dans la même classe les élèves de la première à la septième année.

— Pourquoi ne peut-il y avoir qu'un seul Dieu?

— Parce qu'il ne peut pas y avoir deux êtres infiniment parfaits, répond Octave.

— Où est Dieu?

— Pas dans les toilettes, mademoiselle Brunelle! crie une voix venue du fin fond du corridor.

Nous entendons des bruits de pas sur le balcon. Nous nous levons tous ensemble, puis la porte s'ouvre:

— Bonjour, monsieur le curé…

— Assoyez-vous, mes enfants, gronde-t-il.

Maigre comme une broche à tricoter, il n'en possède pas moins une voix impressionnante:

— Faisons tout d'abord le point sur vos connaissances catéchistiques. Gertrude, toi qui es maintenant en sixième année, peux-tu me réciter le sixième commandement de Dieu?

Quand monsieur le curé parle, son dentier se promène. On dirait toujours qu'il va s'échapper de sa bouche et plonger à l'extérieur. Pour le retenir, il produit un bruit de succion un peu dégoûtant. Comme celui que ma mère m'interdit de faire lorsque je mange de la soupe trop chaude.

— Impudique point ne seras, de corps ni de consentement, répond Gertrude.

— Pourrais-tu répéter plus fort ce sixième commandement, afin que tous comprennent bien le message?

— Impudique point ne seras, de corps ni de consentement!

Je lève la main:

— Impudique, c'est quoi, monsieur le curé ?

— Ce sont des jeunesses qui s'habillent n'importe comment, qui portent du rouge à lèvres et qui ne respectent en rien les commandements de Dieu.

De qui veut-il parler ?

— Je tiens à vous faire remarquer, poursuit-il en reniflant des dents, que l'on a vu, dans notre village, une jeune fille qui faisait du ski. Croyez-le ou non, cette demoiselle nommée Aurélie était vêtue d'un pantalon ! Or, vous saurez que cette pratique est rigoureusement interdite dans notre paroisse. De plus, cette institutrice était accompagnée d'un homme, un dénommé Giguère, qui n'était ni son père ni son frère !

Mademoiselle baisse la tête.

— Armand, connais-tu le troisième commandement de l'Église ?

— Tous tes péchés confesseras, monsieur le curé.

— Très bien, crachote-t-il en regardant mademoiselle Brunelle, qui rougit.

C'est donc elle qui s'appellerait Aurélie ? Je ne m'étais même jamais demandé si mademoiselle Brunelle avait un prénom.

3

Le grand martyr

Je la trouve ridicule, cette loi qui interdit aux femmes de porter un pantalon. Skier en robe ou en jupe, ce n'est pas l'idée du siècle! De plus, les institutrices ne doivent sortir qu'avec leur père ou leur frère, et aucun autre homme, m'a expliqué ma mère. Quand je serai plus vieux, personne ne pourra m'empêcher de devenir le cavalier de mademoiselle Brunelle, mon Aurélie adorée!

Il y a trop de règlements de nos jours. Par exemple, pourquoi doit-on connaître par cœur toutes les réponses du petit catéchisme? À moins de vouloir être curé, je n'en vois vraiment pas l'utilité. Quoique moi, je pense devenir missionnaire. Je ferais peut-être mieux d'apprendre ce qu'il faut croire et ce qu'il faut faire, si je veux aller au ciel. Après tout, jouer à la cachette avec le bon Dieu, c'est un peu risqué.

Lorsque je serai missionnaire, je vais voyager partout dans le monde pour sauver des âmes. Je vais évangéliser les tribus sauvages, comme l'ont fait le père Jean de Brébeuf et le père Gabriel Lalemant. Dans mon livre d'histoire du Canada, je trouve passionnants les récits des martyrs :

« Le feu a été allumé sous lui, un fer rouge enfoncé dans sa gorge sans qu'il pousse un seul gémissement. J'ai vu et touché tous les endroits du corps qui avaient reçu plus de deux cents coups de bâton ; j'ai vu et touché le dessus de sa tête écorchée ; j'ai vu et touché l'ouverture que ces barbares lui firent pour lui arracher le cœur. »

J'y pense, tout à coup ! Les missionnaires ont-ils le droit de se marier ? Je vais m'informer. Chose certaine, ils ne doivent pas être obligés de confesser leurs péchés. Je déteste la confesse, du moins de ce côté-ci de la grille*. Je ne vois pas du tout la nécessité d'aller raconter à un étranger combien de fois par jour, par semaine ou par mois, j'aurais commis ces supposés péchés. Quand j'y vais, je ne sais jamais quoi dire. Je choisis donc au hasard parmi les sept péchés capitaux : l'orgueil, l'avarice, l'impureté, l'envie, la gourmandise, la colère ou la paresse. Selon ma mère, ne pas confesser nos péchés nous conduit tout droit en enfer, car ne pas respecter les commandements constitue en soi un

---

*À la confesse, on devait expliquer au prêtre les péchés, les fautes que l'on avait commises. Un grillage semi-opaque séparait les deux personnes.

péché mortel. On commet donc un péché mortel, même en ne faisant rien !

Pour moi, se confesser une fois par année serait suffisant. Après tout, il faut bien purifier son âme de temps en temps. D'autant plus que celui qui ne se confesse pas sept années de suite durant le temps de Pâques se retrouve à coup sûr transformé en loup-garou. Il revêt alors l'apparence d'une bête mi-homme mi-loup. Ses yeux rouges flamboient toute la nuit et des lambeaux de chair sanguinolents s'accrochent à ses longs ongles acérés comme des griffes.

Je comprends que ce soit utile d'aller chaque année à la confesse, mais pas toutes les semaines !

Quand je rêve que j'embrasse mademoiselle Brunelle, est-ce un péché mortel ou véniel ? Il va falloir que j'interroge ma conscience sérieusement.

Alfred, lui, n'aura pas besoin d'interroger qui que ce soit, et surtout pas sa conscience. C'est évident qu'il va se consumer dans les braises de Belzébuth pour l'éternité. Il n'arrête pas de blasphémer pour n'importe quelle raison. Parfois, il me fait peur avec sa grosse voix, presque aussi grave que celle de mon père. De plus, il est très, très fort. Il peut fendre une énorme bûche d'une seule main. Je l'ai vu faire, puisque c'est lui qui m'aide pour la corvée de bois de chauffage.

Il y a pourtant une question que je me pose à son sujet : est-ce normal qu'en quatrième année, Alfred ait de la barbe, et pas moi ?

4

Monsieur l'inspecteur

Aujourd'hui, mademoiselle Brunelle a revêtu sa jolie robe blanche. Vous ne pouvez pas imaginer comme elle est belle. Un ange, en mieux!

Ce matin, nous avons révisé, car monsieur l'inspecteur arrivera dans quelques minutes. La prière faite, nous l'attendons.

Dès qu'il passe la porte, nous nous levons:

— Bonjour, monsieur l'inspecteur…

Il enlève son manteau, ses quatre foulards, mais il garde son chapeau et ses raquettes.

— Bonjour, ma-ma-mademoiselle.

Il avance et trébuche.

— Excu-cu-cu, excu-cu-cu, excusez-moi.

Un inspecteur qui bégaye, on aura tout vu! Il se redresse et enlève son chapeau.

— J'avais oublié mon cha-cha, mon cha-cha, mon chapeau, mademoiselle.

— Vous n'enlevez pas vos raquettes, monsieur l'inspecteur ?

— C'est que j'ai eu beaucoup de mi-mi, beaucoup de misère à les enfi-fi, les enfi-fi, à les enfiler.

Il s'installe au bureau de mademoiselle Brunelle et nous regarde. D'une voix posée, il dit :

— Vérifions tout d'abord vos connaissances d'ordre général.

C'est drôle, il ne bégaie plus.

— Jeune fille, à l'avant. Qui a découvert l'Amérique ?

La jeune fille, c'est Thérèse.

— Christophe Colomb, monsieur l'inspecteur.

— Quand ?

— Je ne peux pas vous le dire, j'étais aux toilettes.

Monsieur l'inspecteur fronce les sourcils. Elle y va souvent, Thérèse, aux toilettes.

— Très bien, passons maintenant à l'histoire sainte. Qui est le Créateur du monde ?

Ozias lève la main.

— Dieu est le Créateur du ciel et de la Terre et de toutes les choses visibles et invisibles.

— Qu'est-ce que l'homme ?

— L'homme est un être composé d'un corps et d'une âme, et créé par Dieu à son image et à sa ressemblance, répond Joséphine.

Il continue ainsi une vingtaine de minutes, puis déclare :

— Puisque je reviendrai vous voir bientôt, c'est-à-dire à la fin de l'année, je réserve ma dictée toute spéciale pour cette occasion. Ainsi, en vertu des pouvoirs qui me sont conférés par la *Loi de l'instruction publique*, je vous donne congé de devoirs et de leçons. Vous pouvez rentrer chez vous.

Comme les autres, je m'habille. Toutefois, plutôt que de sortir, je me dirige vers le hangar pour remplir la boîte à bois avec Alfred. Lorsque je reviens, je m'arrête à la porte de la classe. C'est là que j'entends:

— Je crois que je vais changer ces ra-ra, ces ra-ra, ces raque-quettes pour des skis.

On dirait qu'il bégaye seulement quand il parle à mademoiselle Brunelle.

— Accepteriez-vous de m'accom-com, de m'accom-compagner pour une ba-ba, une ba-ba, une ba-ba, pour une balade?

Je vais lui en faire, moi, une balade! Ses skis, je vais les casser en deux, les débiter en bois d'allumage! Espèce d'insignifiant, incapable de placer un mot devant l'autre. Ce n'est pas parce qu'il est inspecteur qu'il peut se permettre de courtiser ma fiancée!

5

Juin 1920, la fin du monde

La fin de l'année approche. Dans la classe règne le plus grand calme. C'est assez rare, car avec des élèves de sept divisions différentes, la maîtresse a toujours quelque chose à expliquer. Soudain, retentit un éclat de rire que je n'ai pas pu retenir.

— Que se passe-t-il, Gabriel? demande mademoiselle Brunelle.

Dans mon livre d'histoire du Canada, un chapitre commençait ainsi: « Le père Noël Chabanel assassiné par un Huron. »

Moi, j'ai cru qu'on annonçait le meurtre du père Noël. Ce n'est qu'après, en relisant le passage une troisième fois, que j'ai compris que le missionnaire s'appelait Noël Chabanel. Ce n'est donc pas le père Noël qui venait de mourir, mais bien le père Noël Chabanel. C'est ce qui m'a fait rire.

Confus, je réponds à mademoiselle:

— Je crois que j'ai mal lu, excusez-moi.

— Voudrais-tu poursuivre à voix haute ?

Ce que je fais, du mieux possible, juste pour elle :

« On avait arraché la chair des bras et des jambes du père Brébeuf jusqu'aux os et on l'avait aspergé d'eau bouillante, pour ridiculiser le sacrement du baptême. Les sauvages avaient également placé un collier de haches incandescentes autour de son cou et de son ventre. Ils lui avaient coupé les lèvres, parce qu'il n'arrêtait pas de prier Dieu. »

— La prière ! s'exclame mademoiselle. Nous l'avons oubliée, ce matin. Tout le monde à genoux !

Après cette offrande au Seigneur, un long silence enveloppe la classe. Mademoiselle Brunelle le déchire :

— J'ai une bonne et une mauvaise nouvelle à vous annoncer.

Elle semble un peu gênée. Elle est encore plus ravissante quand elle rosit.

Fernande s'exclame :

— Dites-nous d'abord la bonne.

Ses yeux s'illuminent.

— Puisque je suis fiancée depuis Noël, je vais me marier l'été prochain.

Elle est fiancée ? Non, ce n'est pas possible ! Mon cœur, aspiré dans un grand tourbillon, cogne de toutes ses forces pour sortir de ma poitrine. Elle n'a pas le droit de se marier, pas avec un autre ! Je vais le faire disparaître !

— Et la mauvaise nouvelle ? demande Gertrude.

— Je ne pourrai plus vous enseigner.

— Pourquoi vous ne pourrez plus ?

— Je n'ai pas le choix. Dès qu'une fille se marie, elle doit quitter son poste, c'est le règlement.

Un autre règlement stupide !

— Si vous saviez à quel point je vais m'ennuyer de vous, dit-elle en me regardant droit dans les yeux.

Je crois voir l'étincelle de l'amour briller, seulement pour moi.

— Vous nous abandonnez pour vous occuper juste de votre mari ? Ici, nous sommes trente-cinq qui avons besoin de vous, s'oppose Germaine.

— Je n'y peux rien, dit-elle, je suis vraiment désolée.

Mon âme saigne. Comment vais-je survivre, si je ne peux plus la voir ?

— Qui va vous remplacer ?

— Je l'ignore, ce sont les commissaires qui vont décider.

Nous sommes tous en rogne !

— C'est ridicule, vous n'avez même pas d'enfant.

— Je comprends ce que tu ressens, Zéphirin, mais il y a plusieurs autres règlements qui sont tout aussi étranges.

— Lesquels ?

— Je n'ai pas le droit de vous en parler. Si les commissaires l'apprenaient, je perdrais mon emploi.

— Vous le perdrez de toute manière.

Elle nous regarde tous.

— C'est bien vrai, Alfred.

— Alors ?

— Vous promettez de ne rien dire à personne ?

Nous opinons.

Elle se penche, ouvre le dernier tiroir et en sort une feuille, qu'elle nous lit :

« Vous ne devez pas flâner en ville dans les lieux publics. Vous devez entretenir l'école, balayer le plancher au moins une fois par jour, le laver et le brosser une fois par semaine et nettoyer les tableaux au moins une fois par jour. Vous ne devez pas porter de couleurs vives. Vous ne devez, en aucun cas, vous teindre les cheveux. Vous devez porter au moins deux jupons. Vos robes ne doivent pas être plus courtes que deux pouces au-dessus des chevilles… »

Incroyable ! Pour ce qui est du nettoyage, je comprends, mais la couleur des cheveux, franchement !

— Votre amoureux, comment s'appelle-t-il ? demande Thérèse en se levant.

Mademoiselle Brunelle chuchote :

— Joseph Giguère.

6

Chevaliers de la croix

Puisque mademoiselle Brunelle quitte l'école, j'ai décidé d'en faire autant. Après tout, j'ai maintenant dix ans! En septembre, je n'y retournerai pas. Je viens d'ailleurs de l'annoncer à mes parents. Mon père m'approuve:

—J'ai besoin de bras sur la ferme. Les deux tiens ne seront pas de trop. Au lieu de paresser et de t'user le fond de culotte sur les bancs d'école, tu vas apprendre un vrai métier.

Ma mère n'est pas d'accord:

— Que tu le veuilles ou non, Gabriel, tu vas poursuivre tes études. Au minimum jusqu'à l'obtention de ton diplôme de septième année. Tu ne seras pas la copie conforme de ton père, crois-moi.

Son accent européen donne l'impression qu'elle chante, même lorsqu'elle est en colère. Elle continue:

— L'éducation est d'une importance capitale, de nos jours. En 1920, nous ne sommes plus à l'époque des chevaliers de la croix.

— Qu'est-ce que c'est, maman, les chevaliers de la croix?

— Ceux qui en font partie ne savent pas écrire et se contentent d'apposer une croix, un X, en guise de signature. Alors, tu comprendras qu'il est hors de question que tu sois reçu membre de cette noble confrérie.

Pourtant, mon père sait lire et écrire. Du moins, je crois. C'est vrai que je ne l'ai jamais vu avec un livre ou un journal dans les mains.

— Quand tu seras diplômé, dit-elle, nous pourrons rediscuter de ton avenir. J'ai toujours rêvé d'avoir un prêtre dans la famille!

Il aurait fallu en parler avant. Mes élans de missionnaire se sont un peu dissipés, depuis un certain temps.

— Pourquoi pas un notaire? ajoute-t-elle. Ou encore un maître d'école, l'instrument de Dieu dans la transmission du savoir! Comme mon petit frère, qui enseigne à Champigny, en France. J'ai reçu une lettre de lui il y a quelques mois, aimerais-tu la lire, Gabriel?

— Une maîtresse d'école en pantalon? se moque mon père. Inutile d'y penser, Félixine. Mon garçon sera cultivateur, pareil à moi, point final!

Maman hausse les épaules, comme si elle n'avait rien entendu, ouvre le buffet et en sort la lettre.

Ma chère sœur,

Champigny, ce n'est pas la porte à côté, c'est tout là-haut sur le plateau. Ma classe, une quinzaine de tables, un bureau avec une bouteille d'encre rouge et un journal de classe vierge. Un tableau basculant et sa boîte de craies carrées complètent l'équipement.

Le logement est sans confort et dénué de commodités : l'eau à la pompe, l'éclairage au pétrole, le chauffage à la cuisinière. Quant au papier hygiénique, l'usage ici en est inconnu. Si besoin est, on utilise les pages des cahiers finis. Nous vivons comme les gens d'ici, dans le même inconfort et avec les habitudes ancestrales des parents et des grands-parents.

Au repas de midi, certains gosses n'ont qu'un quignon de pain ou une pomme de terre froide, rarement les deux. Que de fois je leur fais passer un restant de soupe.

Ici, les garçons ont les cheveux coupés ras, pas de risque. Chez les filles, il faut y regarder de près. Les poux, à la campagne, reviennent par vagues.

Je n'ai en ce moment que dix de mes trente-quatre élèves. Les autres vont réintégrer l'école à la Toussaint, après le ramassage des pommes et la récolte des patates et des betteraves.

Demain, je dois recevoir la visite de l'inspecteur. Il y a chez lui quelque chose de diabolique, pour tant aimer fouiner et découvrir les points faibles.

Malgré tout, je ne me plains pas, car je pratique le plus beau métier du monde!

Je t'embrasse, chère Félixine[1].

Georges

Les notes sont rassemblées à la fin du texte.

7

Coupables, mademoiselle Bolduc

Septembre s'est pointé le bout du nez, l'école aussi. Lorsqu'il s'agit d'éducation, c'est toujours ma mère qui a le dernier mot.

En désespoir de cause, je souhaitais que les commissaires ne puissent trouver de remplaçante à mademoiselle Brunelle, mais ils ont réussi. C'est maintenant la grosse mademoiselle Bolduc qui nous fait l'école. J'en ai une peur bleue! Malgré tout, les mois passent et elle ne m'a pas encore frappé. Je crois que je suis le seul garçon de la classe à ne pas avoir goûté à sa règle de bois franc. Longue comme le bras, plus large que deux doigts, elle s'en sert pour taper sur les jointures ou dans la paume des mains: CLAC!

Mademoiselle Bolduc n'est pas seulement grosse, elle est forte aussi. Et laide! J'en ai vu plusieurs qui n'ont pas pu retenir leurs larmes en recevant les coups. Parce qu'elle est forte, pas parce qu'elle est laide.

La dernière fois qu'elle s'est servie de sa règle, Alfred n'a pas bronché. Elle lui avait promis cinquante coups. Juste avant qu'elle ne termine, au quarante-neuvième coup, Alfred a refermé la main sur le bout de bois. Mademoiselle Bolduc avait beau tirer de toutes ses forces, secouer, menacer, il ne lâchait pas prise. Très calme, le colosse s'est dirigé vers le poêle à bois, traînant la grosse maîtresse derrière lui. Lorsqu'il a soulevé un rond du poêle, elle a relâché son étreinte. Alfred a alors cassé la règle sur son genou et l'a jetée dans le feu.

Pendant au moins une semaine, il a porté l'empreinte des cinq doigts de mademoiselle Bolduc sur la joue gauche. Depuis, Alfred n'a plus jamais ronflé durant la prière. C'est du moins ce que j'imagine, puisque lui a eu la permission d'abandonner l'école. Après le congé des fêtes, Alfred n'est jamais revenu.

C'était il y a un mois. Aujourd'hui, mademoiselle Bolduc est dans une colère rouge et noire ! Pas à cause de sa règle, elle en a acheté une autre. Là, c'est plus sérieux. Sa dignité a été touchée.

— Vous allez rester à genoux, les bras en croix, tant que le coupable ne se sera pas dénoncé !

Pourtant, il ne s'est rien passé de si grave. Comme d'habitude, à la fin de la récréation, mademoiselle Bolduc a ouvert la porte pour sonner la cloche. C'est alors qu'elle l'a reçue en pleine figure, juste sur un œil. Une dure, glacée, bien ronde !

— Est-ce que je peux aller aux toilettes, mademoiselle Bolduc? demande Thérèse.

— Personne ne bouge! hurle-t-elle.

Nous commençons à avoir les genoux sensibles.

— C'est un acte très dangereux que l'un de vous a commis! Sachez qu'un enfant a déjà perdu un œil en recevant une balle de neige où s'était glissé un petit caillou!

Je me demande si dans cent ans, les enfants subiront encore les mêmes remontrances. Impossible d'y échapper. Chaque année, quelqu'un risque de se faire crever un œil à cause du fameux petit caillou.

Je vois Thérèse qui se tortille, les yeux pleins d'eau. Elle va bientôt déborder!

— Vous n'êtes qu'une bande de chenapans, de mal élevés, d'irresponsables! explose la maîtresse.

Octave se lève:

— C'est moi, mademoiselle.

Eugénard se lève à son tour:

— Moi aussi, j'en ai lancé.

Je me joins à eux:

— C'est ma faute, mademoiselle Bolduc.

Toute la classe se retrouve debout.

— Vous serez privés de récréation jusqu'à la fin de l'année! rugit-elle.

C'était la première fois de ma vie que je lançais une balle de neige. Ou presque. Du moins, c'était la première fois que je réussissais à en fabriquer une aussi dure. C'était aussi la première fois que la porte de la classe s'ouvrait en même temps que je la lançais.

Enfin, j'aurai quelque chose à raconter à la confesse !

8

Gabrielle, la délicieuse

C'est tout de même grâce à mademoiselle Bolduc si j'ai obtenu mon diplôme de septième année. Comme je m'en doutais, ma mère a de nouveau insisté pour que je continue l'école. Même si le travail sur la ferme m'intéressait, j'ai accepté. Je voulais en apprendre davantage, élargir mes horizons. J'avais à cette époque l'intention de poursuivre des études de médecine. L'année suivante, je voulais devenir notaire, puis avocat. L'idée m'est aussi venue de faire ma prêtrise. À vrai dire, je ne savais pas trop vers où me diriger.

À la fin de ma douzième année, mon père a décidé à ma place :

— Gabriel, tu prends le train la semaine prochaine pour le Manitoba. Tu veux élargir tes horizons, tu vas être servi. Que de la plaine et du blé à perte de vue ! J'ai de la famille là-bas, mon cousin Édouard va t'engager.

Ma mère se lève, les mains sur les hanches, et fait face à mon père :

— Tu n'es pas sérieux, Rosaire ?

— Tout à fait.

— Si tu envoies notre fils unique à l'autre bout du monde, qui va t'aider sur la ferme ?

— Alfred ne sait pas quoi faire de ses dix doigts, au village. Il va venir me donner un coup de main.

Maman réplique :

— Tu ne trouves pas un peu ridicule d'envoyer Gabriel dans cette contrée perdue de l'Ouest pour engager un étranger ? Nous commençons à peine à nous sortir de la misère.

Elle me regarde, l'air désolé. Mon père conclut :

— Gabriel, tu seras logé, nourri et blanchi. Peut-être qu'Édouard te versera aussi un salaire.

Le salaire, je n'en ai jamais vu la couleur. Pour ce qui est de l'ouvrage, par contre, je n'en ai pas manqué. Je travaillais du matin au soir, six jours par semaine. Le dimanche, nous allions à l'église et nous en profitions aussi pour visiter la parenté. C'est là que j'ai rencontré la plus délicieuse créature que la Terre ait jamais portée. Je n'y ai pas goûté, bien sûr, mais j'imagine. Encadrés d'une chevelure couleur d'or roux châtain, ses yeux remplis de curiosité, d'un beau gris-bleu-vert, pétillaient d'intelligence.

J'en suis tombé amoureux dès que je l'ai vue. De plus, elle s'appelle Gabrielle. Lorsqu'on me l'a présentée, mon cœur a fondu.

Quand je l'ai rencontrée de nouveau, Gabrielle descendait de cheval. Elle portait un pantalon, un chemisier et un foulard dont les bouts flottaient au vent. J'aimais tout de cette fille, jusqu'à l'extrémité de son foulard.

Nous avons suivi un étroit sentier, deux raies de terre battue où poussaient des herbes folles. Puis, l'ouverture, l'ampleur soudaine.

— Regarde, Gabriel, ce petit chemin sans but aborde l'éternité.

La grosse boule rouge du soleil est venue se suspendre sur la pointe des buissons. C'est Gabrielle qui m'a inspiré ces mots.

— Lentement, a-t-elle murmuré, au ras de l'horizon le soleil soulève le couvercle de la nuit. Face à l'ouest, c'est le côté des illusions. Le plus beau, embelli longtemps après le couchant par des couleurs qui mettent du temps à s'estomper.

Alors même que je savourais ses paroles, ne les ayant pas encore tout à fait digérées, Gabrielle s'est exclamée :

— Dépêchons-nous, Gabriel. Nous allons rater le chapelet.

— Pour une fois, ce ne serait quand même pas très grave. J'ai des provisions de chapelets pour des siècles et des siècles. Pourquoi gâcher une si belle soirée ?

— Tu as raison. Tu ne trouves pas cela étrange qu'une activité aussi personnelle que la prière se fasse presque toujours en groupe, en public ?

Nous pensons vraiment de la même manière.

— Comment se fait-il, Gabrielle, que tu t'exprimes si bien en français ? Je croyais que tout le monde parlait anglais, au Manitoba.

— C'est vrai, nous sommes une minorité de Franco-Manitobains. À Winnipeg, quand j'étais plus jeune, ma mère et moi parlions français. Peut-être à voix moins haute, toutefois, surtout après que des passants se soient retournés sur nous avec une expression de curiosité. Cette gêne, je l'ai tant de fois éprouvée au cours de mon enfance que j'en oubliais que c'était de l'humiliation. Au reste, j'avais moi-même souvent suivi du regard quelque immigrant au doux parler slave ou à l'accent nordique. Si bien que j'avais fini par trouver naturel, je suppose, que nous nous sentions plus ou moins étrangers. J'en suis venue à me dire que, si nous étions tous étrangers, alors plus personne ne l'était[2].

Sa voix me berçait. J'aurais aimé l'entendre, le soir, avant de m'endormir.

9

Le dernier roman

J'étais curieux d'en savoir un peu plus à propos de Gabrielle. Sur le chemin du retour, j'ai donc pris quelques détours:

— Parle-moi encore un peu de toi, Gabrielle. Quelle est la date de ton anniversaire?

— Je suis née le 22 mars, à Saint-Boniface.

— Incroyable, comme moi!

— Tu es né à Saint-Boniface?

— Non, à Saint-Gérard, le 22 mars... 1910. Toi aussi?

— 1909, seule une année nous sépare. Nous sommes presque jumeaux!

Je ne me serais pas fait prier pour me jumeler à elle, si j'en avais eu l'occasion. Je parle de jumeler nos lèvres, de l'embrasser, c'est bien ce que vous aviez compris?

— Viens-tu d'une famille nombreuse?

— J'ai quatre frères et six sœurs. Le deuxième garçon n'a survécu que trois mois et la méningite a emporté Agnès, à l'âge de quatorze ans. Marie-Agnès, elle, a péri dans un incendie.

— C'est terrible, comment est-ce arrivé ?

— Elle avait allumé un petit feu, qui a pris au bas de sa robe et l'a recouverte de flammes. Elle n'avait que quatre ans.

— Je t'offre toutes mes condoléances, sincèrement.

— Qu'est-ce qui est le pire : mourir trop jeune, ou vivre trop vieux ?

Je ne m'étais jamais posé cette question.

— C'était il y a longtemps ?

— J'avais à peine un an, mais on me l'a raconté souvent. Chaque fois, j'éclatais en sanglots. Mais assez parlé de moi, que veux-tu faire dans la vie ?

— Je l'ignore, Gabrielle, c'est pour cette raison que je suis ici. Toi, quels sont tes projets ?

— J'ai décidé d'aller étudier à l'École normale.

— Tu veux devenir institutrice ?

— Comme mes sœurs Anna, Adèle et Bernadette.

— La vie était plus simple quand j'avais neuf ans et que je souhaitais me faire missionnaire.

— Moi, vers l'âge de douze ans, j'avais décidé de devenir écrivaine. Sur la première page d'un cahier, j'avais écrit : *Un roman de Gabrielle Roy en douze chapitres.*

— Et puis ?

— Je ne l'ai jamais complété, puisque maman l'a jeté.

— Elle l'a jeté ?

— Parce que je décrivais mes oncles avec leurs grandes moustaches, elle a cru que je leur manquais de respect. Mon premier et dernier roman, conclut-elle en soupirant[3].

— Au lieu d'écrire, tu vas enseigner à écrire, ce n'est pas rien. Tu commences tes cours en septembre ?

— Mon père avait parlé de m'inscrire l'année dernière, après ma onzième année. Je n'aurais eu droit alors qu'au brevet d'enseignement de deuxième catégorie. Maman a donc préféré que j'attende un an.

Je ne savais même pas qu'il existait des catégories de brevet. D'ailleurs, qu'est-ce qu'on appelle un brevet d'enseignement ? Je le lui ai demandé :

— Un brevet, est-ce un diplôme ?

— Oui, et avec celui de première catégorie, je pourrai enseigner en ville, si je le veux.

Elle a donc terminé sa douzième année, tout comme moi.

— Gabrielle, comment se fait-il que nous soyons au même niveau, alors que nous n'avons pas le même âge ?

— J'ai redoublé ma septième. Cette année-là, je n'ai presque pas mis les pieds en classe.

Je ne lui en ai pas demandé la raison, sûrement une grave maladie. Pour ne pas me montrer indiscret, j'ai préféré revenir à sa scolarité.

— Si tu as fait ta douzième, c'est que ta mère a gagné, comme chez nous !

— Malgré sa santé chancelante et son grand âge, papa a consenti à me laisser poursuivre une année de plus. Pauvres comme nous le sommes, c'est un luxe inouï.

Est-ce à lui qu'elle pensait, quand elle parlait de « mourir trop vieux » ?

10

Péché mortel

Je ne connais Gabrielle que depuis quelques jours et son image ne cesse de me hanter. C'est plus fort que moi, je ne peux m'empêcher de penser à elle. J'en rêve, je la vois partout, je l'entends! La semaine prochaine, je vais lui déclarer mon amour. Par précaution, je décide d'en parler avant à mon cousin, qui est en réalité le fils du cousin de mon père. Lui aussi a dix-sept ans.

— Napoléon, comment trouves-tu Gabrielle?

— C'est une belle fille, très brillante. Elle a récolté des prix deux années de suite, parce qu'elle a terminé première en français et en anglais. Elle a gagné cinquante dollars en onzième année et cent dollars en douzième. Imagines-tu tout ce qu'on peut acheter avec une somme pareille?

Je me lance:

— Napoléon, je suis amoureux de Gabrielle.

— À cause de son argent?

— Je ne savais même pas qu'elle était riche. Non, je suis vraiment amoureux, je n'en dors plus!

— Lui as-tu dévoilé tes sentiments?

— Pas encore, j'attends le moment propice. J'espère qu'il va arriver bientôt. Crois-tu que j'ai des chances?

— Des chances? Tu as autant de chances d'épouser Gabrielle que j'en ai d'être élu premier ministre du Canada ou de devenir chanteur d'opéra.

— Je trouve que tu exagères un peu, Poléon.

— Suis-moi!

Nous dévalons l'escalier et atterrissons sur la galerie, où se bercent ma tante et mon oncle.

— Tenez-vous bien après les barreaux de votre chaise, déclare Napoléon. Vous ne devinerez jamais quel péché mortel Gabriel a l'intention de commettre.

Encore un péché, et mortel, celui-là. Je n'en sortirai jamais! Toutefois, je ne saisis pas le lien entre mon adorable dulcinée et la religion.

— Tu ne t'es quand même pas mis à blasphémer! Ou à boire? demande ma tante. J'espère que tu as fait tes Pâques!

Je les regarde tous, sans comprendre.

— Imaginez-vous donc, reprend mon cousin, que votre neveu a l'intention de courtiser Gabrielle.

Ils ne réagissent pas. D'ailleurs, je ne vois pas quelle est la grande nouvelle.

— Gabriel-l-l-e, insiste Napoléon, Gabrielle Roy!

— Doux Jésus! s'exclame ma tante en pâlissant.

Un peu plus et je verrais de la fumée sortir par les oreilles de mon oncle Édouard.

— Tu sauras, mon jeune, que dans la famille Roy, les fréquentations à l'intérieur de la parenté sont interdites. Il n'est donc pas question que tu t'intéresses à cette demoiselle, qui est la fille de mon frère et, par le fait même, ta petite cousine !

Je l'ignorais, bien sûr, mais j'aurais dû y penser. Si nous portons le même nom, il y a de fortes possibilités que nous soyons parents. Mais attendez un instant ! Je ne le savais pas, qu'elle s'appelait Gabrielle *Roy* !

De toute façon, c'en est terminé. Mes grandes amours se sont éteintes avant même de s'enflammer.

Quand nous nous sommes revus, je ne lui ai fait aucune déclaration. Elle m'a de nouveau parlé de son projet de devenir institutrice. J'ai alors pris conscience que depuis quelques semaines, sans que je m'en rende compte, la même idée avait germé dans ma tête.

À la fin de l'été, c'était décidé. J'allais moi aussi m'inscrire à l'École normale, afin d'exercer plus tard le métier d'instituteur !

11

Triste départ

Avant que je ne reparte pour le Québec, Gabrielle et moi avons promis de nous écrire.

— Je t'enverrai une lettre toutes les semaines. Est-ce que tu me répondras ?

— Gabriel, ce serait peut-être plus réaliste tous les mois. Nous aurons beaucoup de travail, à l'École normale.

Je sentais dans son regard une intensité nouvelle. Comme si elle n'osait pas me dire quelque chose, qu'elle ne le pouvait pas.

Elle s'est approchée de moi, m'a regardé droit dans les yeux, puis m'a donné un baiser sur la joue. J'ai poussé un long soupir et je suis monté dans le train.

Dès mon arrivée à Saint-Gérard, j'ai pris la plume. Gabrielle n'a répondu que six mois plus tard.

Mon cher Gabriel,

À l'École normale qui, en passant, n'est qu'anglophone, je travaille surtout mon accent, car on s'est moqué de moi à quelques reprises. Au cours du deuxième semestre, nous devons prendre une classe en charge, sous l'œil de la maîtresse en titre. Elle doit juger de notre aptitude à enseigner et à maintenir la discipline. À peine avais-je ouvert la bouche pour me présenter qu'elle me demandait ma nationalité. À cause, semble-t-il, de mon accent si particulier.

Les élèves sont d'un quartier difficile, moitié garçons et moitié filles, de douze à quatorze ans. Ils ont vite saisi que j'étais timide, effrayée et se sont déchaînés. Jamais je n'ai vu pareil chahut dans une salle de classe. Ils claquaient la tablette de leur pupitre, en frappaient les bords de leur règle, bourdonnaient à l'unisson ou sifflaient. Un peu à l'écart, les bras croisés, un sourire dur sur les lèvres, la maîtresse semblait prendre plaisir à me voir m'enfoncer.

Le lendemain, je n'ai même pas réussi à capter l'attention des élèves. Ma faible voix, teintée de crainte et d'émotion, ne semblait qu'à peine leur parvenir. J'ignore même si les mots franchissaient mes lèvres. J'ai entendu un garçon rire de moi à voix haute.

Si c'est cela être institutrice, jamais je n'y arriverai. J'espère que tout se passe mieux de ton côté.

Amitiés.

Gabrielle

Une semaine après sa première lettre, une deuxième arrivait, plutôt triste, celle-là.

Saint-Boniface, le 22 février 1929

Cher cousin,

Tu vas t'étonner sans doute de recevoir, si rappro-chée de la précédente, une autre lettre de moi. C'est que j'ai une bien mauvaise nouvelle à t'annoncer : mon père est décédé il y a deux jours.

Hospitalisé depuis quelque temps, il a tenu à revenir à la maison pour y vivre ses derniers jours. À la toute fin, un chaton, qui aimait papa à la folie, montait sans cesse sur l'oreiller, malgré les efforts de ma mère pour le chasser. Penché de très près sur le visage du mourant, il le scrutait avec attention. Il avançait la langue pour lécher les fins cheveux blancs, au bord des tempes. Méphisto allongeait une patte douce pour toucher son front. Lui seul traitait encore mon père en ami et ne l'abandonnait pas.

Les traits de papa racontaient l'incroyable somme de souffrances de toute une vie. Son visage m'a laissé entendre le long cri silencieux de l'âme. Puis ses lèvres ont poussé un soupir moins profond, comme vient s'éteindre une dernière petite vague épuisée sur le sable[4].

Je n'avais pas cru aimer si profondément mon père.

Gabrielle

J'ai transmis la nouvelle du décès du père de Gabrielle à mes parents. Puis, je leur ai demandé de me parler un peu de lui.

— Quand Léon s'est marié, il était déjà âgé de trente-six ans. Mélina n'en avait que dix-neuf. Il arrivait des États-Unis, avec ses frères Majorique et Édouard. Il s'est établi dans la toute nouvelle paroisse de Saint-Alphonse, au Manitoba. Puisqu'il savait lire, écrire et qu'il maîtrisait l'anglais, Léon a été nommé juge de paix. Il a aussi tenu un magasin général, un hôtel et il a été maître de poste.

— Il devait avoir beaucoup d'instruction ?

— Il a tout appris par lui-même, dit maman, et ce n'est pas grâce à son père. Charles Roy était l'ennemi de tout ce qui était amusant et surtout des livres, qu'il considérait comme maléfiques. Il les disait remplis de mensonges et de mauvais conseils. Un soir que Léon lisait à la lueur d'une bougie, son père lui a arraché le livre des mains et l'a jeté dans le poêle allumé. C'était son unique livre. Peu après, à treize ans, Léon a quitté la maison paternelle de Saint-Isidore pour s'engager comme commis à Québec. Au magasin Paquet, il n'était payé que quatre dollars par mois. Puisque Léon ne pouvait pas s'offrir le luxe d'une chambre, il devait dormir sous le comptoir. Alors, il a gagné les États-Unis et le Manitoba, où tu l'as rencontré. Lorsqu'il a perdu son emploi d'agent colonisateur, juste avant sa retraite, il est devenu taciturne.

— Il l'était avant, ajoute mon père. Il l'a toujours été.

Je demande :

— Qu'est-ce que c'est, un agent colonisateur ?

— L'agent colonisateur attribue les terres aux colons, le plus souvent des immigrants. Il aide les familles à s'installer, à défricher, les conseille et leur sert souvent d'interprète.

— Pourquoi a-t-il été congédié ?

— Certains prétendent qu'il ne votait pas du bon bord, répond ma mère. Il a quand même conservé son emploi quatre ans après la défaite des libéraux de Wilfrid Laurier. Lorsqu'il a été remercié, sa situation financière est devenue assez précaire. La famille a dû prendre des pensionnaires et Mélina faisait des travaux de couture. Léon a aussi tenté de lancer diverses entreprises, dont la culture de champignons, sans trop de succès.

— Quel âge avait-il quand Gabrielle est née ?

— Il devait être dans la soixantaine.

— Cinquante-neuf ans, précise maman.

12

La nouvelle institutrice

Marchand, le 27 juin 1929

Cher Gabriel,

J'ai obtenu mon premier poste dès ma sortie de l'École normale. J'ai fait la classe tout le mois de juin dans le très petit village de Marchand. C'est un village métis de langue française, situé à une cinquantaine de milles* de la ville. Maman ne voulait pas que j'y aille, elle disait que c'était un trou. Je gagne cinq dollars par jour et il m'en coûte vingt-cinq pour me loger à l'hôtel, pendant un mois. Ma chambre donne sur les paysages les plus tristes, les plus mornes que je n'ai jamais vus de ma vie. Comme si le vent s'était arrêté au seuil du village, n'osant franchir une mystérieuse frontière invisible.

----

* 80 kilomètres.

Lors de ma première journée d'enseignement, j'ai eu toute une surprise. En faisant l'appel des noms, j'ai prononcé celui de Yolande Chartrand. Personne n'a répondu. Puis j'ai entendu, du fond de la classe :

— Elle est morte la nuit passée. Elle est sur les planches, ils vont l'enterrer demain.

Après l'école, nous sommes tous allés rendre une dernière visite à Yolande, que j'étais la seule à ne pas connaître. En me prenant par la main, mes élèves m'ont conduite jusqu'à une pauvre cabane isolée, au milieu des épinettes maigriottes.

L'enfant reposait vraiment sur des planches, soutenues à chaque extrémité par deux chaises placées à quelque distance, dos à dos. Yolande était seule dans la pièce.

Avec un air tendre et sérieux, un garçon a dit :

— Elle était fine, Yolande.

Une fille, un peu plus vieille, a ajouté :

— Pour sa communion solennelle, puisqu'elle n'avait pas de robe blanche, sa mère lui en a taillé une dans le seul rideau de la maison. Un beau rideau en dentelle.

J'ai levé les yeux vers la fenêtre. En effet, elle n'avait pas de rideau, ce qui m'a permis de voir, dehors, un large massif de fleurs. J'ai proposé :

— Si nous allions cueillir des roses pour Yolande ?

De retour dans la maison, les enfants ont fait cercle autour de leur compagne.

Ils ont dit :

— Elle doit avoir gagné le ciel, à l'heure qu'il est[5].

C'est triste, n'est-ce pas?
Toi, Gabriel, as-tu déjà un poste pour l'an prochain?
Passe de bonnes vacances.

Gabrielle

Gabrielle me dit que sa mère ne voulait pas la laisser aller enseigner à Marchand, parce que c'est un trou. Figurez-vous que mon père, lui, me défendait d'aller enseigner, où que ce soit. Pourtant, il savait que je fréquentais l'École normale. Mais peut-être ignorait-il que cette école formait des professeurs.

— C'est un métier de feluette! a-t-il tempêté. Si tu voulais faire des études, tu n'avais qu'à choisir la médecine ou le notariat. Notaire, voilà une profession honorable!

— Papa, je ne serai pas médecin, notaire ou cultivateur. J'ai décidé de m'occuper des enfants, je veux leur apprendre à lire, à écrire et à compter.

— C'est ce que je dis, un travail de femmes. Pourquoi pas garde-malade, tant qu'à y être, ou tricoteuse? Je te verrais très bien en secrétaire, aussi. Il faut de l'instruction, pour être secrétaire.

Jusqu'à ce que j'aie été engagé, mon père a cru que j'abandonnerais l'idée. Maintenant, il raconte à qui veut l'entendre que son fils est devenu maître d'école et que les commissaires ont dû lui voter une augmentation de salaire. Puisque je suis un homme, je vais gagner plus cher que la maîtresse qui occupait mon poste l'an dernier.

J'ignore pourquoi mon père a changé d'avis. Je crois que maman a joué un rôle assez important dans cette affaire. Encore une fois, quand on parle d'instruction, c'est elle qui décide.

13

La maîtresse à moustache

Cardinal, le 3 septembre 1929

Mon cher ami,

J'ai été de nouveau embauchée, cette fois tout à l'autre bout du Manitoba, dans un petit village de huit maisons, du rouge sombre des gares. Sans doute la compagnie de chemin de fer a-t-elle envoyé de la peinture et il en est resté. Ce village rouge s'appelle Cardinal, comme l'oiseau.

Pour l'instant, je n'ai que les petits. Les grands arriveront après les abattages et les labours d'automne. J'enseigne toutes les matières à près de quarante enfants, vingt filles et vingt garçons de cinq à quatorze ans, répartis en huit divisions. Plusieurs viennent de fermes lointaines et tous parlent français. Presque la moitié sont des Bretons ou des Auvergnats. Il y a, dans leurs yeux fixés sur les miens, une confiance parfaite.

J'espère que tes élèves sont aussi charmants que les miens. Ils me comblent de joie chaque jour davantage.

Je te souhaite une agréable fin d'été.

En toute amitié.

Gabrielle

Quand j'étais assis à la place de mes élèves, de l'autre côté du bureau, cette classe me semblait beaucoup plus grande. L'estrade paraissait si haute que je devais me casser le cou pour regarder la maîtresse. Que de souvenirs…

Il y a eu tout d'abord mademoiselle Brunelle, qui m'a brisé le cœur, puis la grosse mademoiselle Bolduc, dont j'ai brisé les lunettes. Elle était vraiment dure, cette boule de neige.

Depuis dix ans, presque rien n'a changé dans mon village. Sauf que maintenant, la maîtresse porte un pantalon et une moustache. Comme dans toutes les écoles de rang, il n'y a pas de lumière électrique, pas d'eau courante ni de musique qui voyage par les airs de la radio. Ce n'est pas la ville ici, loin de là.

Incroyable de penser que durant les vingt dernières années sont apparues plus de nouvelles inventions que dans tout le siècle précédent. Le plus magnifique dans le progrès, le plus formidable, c'est sûrement cette machine moderne qui permet de se déplacer à une vitesse folle.

Un jour, peut-être que moi aussi, j'achèterai une automobile. Si je réussis à amasser assez d'argent, bien entendu. Ce sera long, car je ne gagne que trente dollars par mois pour les dix mois d'école, soit trois cents dollars par année. L'automobile en coûte quatre cent cinquante !

14

Épinette de Noël

L'automne, saison des récoltes, signifie aussi de nombreuses heures de travail sur la ferme, pour mes élèves. Il faut engranger, ramasser les patates, rentrer le bois et tout le reste.

Je m'aperçois qu'ils travaillent beaucoup, mes enfants. À l'école, ils n'ont pas une minute de répit. En arrivant à la maison, le soir, ils doivent traire les vaches, nourrir les animaux, écurer l'étable. Faire le train, quoi! tout comme je le faisais quand j'avais leur âge.

Isabelle, une petite nouvelle de première année, me demande de sa très jolie voix:

— Est-ce que je peux aller aux toilettes, monsieur?

Je lui réponds:

— Nous t'attendrons devant l'école.

Aujourd'hui, puisqu'il fait beau, j'ai décidé que nous allions sortir, pour la leçon de choses*.

---

* Sciences naturelles.

Une fois à l'extérieur, à l'orée de la forêt, Bertha demande :

— C'est quoi, monsieur, cet arbre à la peau frisée ?

— Un merisier, appelé aussi bouleau jaune.

— Un bouleau, ce n'est pas blanc ?

Il y en a un, juste à côté.

— Le bouleau blanc, ou le bouleau à papier, est une autre espèce. Son écorce, que tu as appelée sa peau, se détache par grandes plaques minces. On peut s'en servir entre autres choses pour fabriquer des canots.

Nous continuons notre promenade. Je leur montre une feuille d'érable, l'emblème du Canada.

— Quelqu'un pourrait m'expliquer la différence entre l'érable à sucre et l'érable rouge, ou la plaine ?

Albert lève la main :

— L'érable à sucre a l'intérieur des feuilles lobé, arrondi comme le lobe de nos oreilles.

— Où as-tu appris ce détail, Albert ?

— Nous avons une érablière, chez nous. S'il fallait entailler des plaines, la récolte ne serait pas fameuse !

J'en profite pour leur demander :

— Quelqu'un connaît-il d'autres renseignements sur les arbres ?

— Je peux différencier un sapin d'une épinette, dit Raoul. Les aiguilles de l'épinette piquent alors que celles du sapin sont douces et plates. Je m'en souviendrai toujours !

— Pour quelle raison ?

— Mes frères se moquent encore de moi parce que j'ai bûché une épinette au lieu d'un sapin de Noël, l'année passée.

— C'est grâce aux arbres, dis-je, que les Amérindiens ont découvert le remède contre le scorbut: une infusion de cèdre blanc.

— Qu'est-ce que c'est, le scorbut?

— Une maladie qu'attrapaient souvent les Européens en arrivant en Nouvelle-France. Leurs jambes devenaient enflées et noires comme du charbon. La chair de leurs gencives pourrissait et leurs dents tombaient, dégageant une horrible odeur fétide.

— Pourquoi les Européens? demande Louis.

— La traversée de l'Atlantique était longue et la nourriture sur les bateaux, peu variée. Le principal aliment était le biscuit de matelot, qui résiste longtemps à la moisissure. Il restait mangeable, même lorsqu'il était un peu pourri, décomposé et envahi par les asticots.

— Ouache! fait Marie-Laure.

15

Claque, claque !

Cardinal, le 14 février 1930

Cher cousin,

Il fait si froid ici que je dois casser la glace de mon broc pour me laver. Le vent n'arrête pas de psalmodier le même chant d'un ennui profond. La tempête, comme un enfant incompris, pleure et trépigne à la porte. Je m'ennuie beaucoup, beaucoup.

Pour la deuxième année consécutive, j'ai fait une demande afin d'obtenir un poste à l'Institut collégial Provencher. Je crois avoir des chances, puisque je réponds à toutes les exigences : je suis bilingue, célibataire, je vis à Saint-Boniface et j'ai fréquenté l'Académie Saint-Joseph durant mes études primaires et secondaires[6].

Comment te débrouilles-tu, dans ton école de rang ?
Je pense à toi fréquemment et avec affection.

Gabrielle

Je me débrouille très bien dans mon école, surtout lorsque personne ne vient me déranger, comme ce matin. Au beau milieu de la récitation de leçons, un homme entre en coup de vent, sans frapper.

«Juste ciel!» aurait dit ma mère. Sauf que je ne suis pas ma mère.

Je me lève, faisant face à l'intrus. Je le dépasse d'une bonne tête. Par contre, je ne fais pas le poids. Il est énorme!

— Que puis-je pour vous, monsieur?

— Vous ne me reconnaissez pas? demande-t-il. Je suis monsieur Gouin, commissaire.

Il a l'air de vouloir m'avaler.

— Bien sûr que je vous reconnais, monsieur Gouin.

C'est lui qui m'a engagé, l'été dernier. Il est aussi le père de Léontine, une de mes élèves.

— En tant que représentant de la commission scolaire, je viens vous informer d'un règlement que vous semblez ignorer, monsieur Roy.

Surpris, je demande:

— Lequel?

— Je vous ferai remarquer que l'on ne vous voit pas tous les matins à l'église.

Il sort une feuille de sa poche et en commence la lecture:

«Les Instituteurs et Institutrices doivent être l'exemple de l'arrondissement où ils font l'école, par leur modestie, leur décence, leur réserve dans leurs paroles et actions, et par leur assiduité à fréquenter les sacrements. »

Drôle de coïncidence, j'ai moi aussi une copie du règlement de la commission scolaire dans le dernier tiroir de mon bureau. D'ailleurs, un point avait déjà attiré mon attention. Je sors donc le papier et d'une voix forte, je lis :

« Aucun parent ne devra aller porter des plaintes aux Instituteurs et Institutrices, pendant les heures d'école et en aucun autre temps, en présence des enfants. »

Il sort en claquant les talons, puis la porte. Je ne crois pas le revoir avant la remise des prix de fin d'année.

16

La bouche fendue jusqu'aux oreilles

Saint-Boniface, le 27 septembre 1930

Cher Gabriel,

J'ai obtenu le poste à l'Institut Provencher, en plein territoire de langue française, dans le vieux Saint-Boniface. C'est une grande école publique, où élémentaire et secondaire sont réunis. On m'a confié une des deux classes de commençants, chacune comptant une quarantaine de garçons, de cinq à neuf ans. Dans la mienne se trouvent des enfants qui ne connaissent pas plus l'anglais que le français : Russes, Polonais, Italiens, Espagnols, Irlandais, Tchèques, et presque tout ce qui se rallie en général du côté anglais. Chaque matin, je me trouve devant une bonne partie de l'Europe. Une Europe très pauvre, car le photographe qui faisait la photo de classe a fait placer au premier rang ceux qui portaient des chaussures.

Pour ma première journée d'école, un de mes élèves m'a donné un mouchoir, doux comme un nuage. Dans ma classe bigarrée, je vois les petits visages m'adresser un premier sourire furtif ou, en passant, une caresse du regard.

J'aimerais que tu puisses entendre le chant de mes élèves. Il prend le cœur, le tourne et le retourne, comme le ferait une main, avant de le lâcher à l'air libre.

Malheureusement, mon salaire de cent dix dollars par mois, à Cardinal, a été ramené à quatre-vingt-dix en raison de la crise économique. Ce n'est pas grave, que peut-il y avoir de plus beau, de plus merveilleux que cet enfant qui vient pour la première fois à l'école[7] ?

Ce que j'aime bien, durant la semaine, ce sont les cours de géographie. Bientôt, je parlerai à mes élèves de ta belle province, le Québec.

Bonne chance et amitiés.

Gabrielle

Si Gabrielle adore la géographie, moi, je préfère enseigner l'histoire du Canada. Mes élèves tiennent entre leurs mains le même livre qu'à l'époque. Celui dans lequel j'avais fait mourir le père Noël, à dix ans. Moi, j'en ai un autre et, à l'occasion, j'aime bien leur en lire des passages :

« Après cinq ou six jours, alors que nous étions épuisés par le voyage, les Indiens s'approchèrent de nous, sans plus aucune colère, nous arrachèrent froidement les cheveux et la barbe, et nous enfoncèrent profondément les ongles, qu'ils portaient très pointus, dans les parties du corps les plus délicates et les plus sensibles.

« Le père Jean de Brébeuf et le père Gabriel Lalemant subirent à leur tour les plus affreux supplices. On piqua d'abord le père de Brébeuf avec des alènes rougies au feu, on promena sur ses membres des tisons embrasés et on lui enleva la peau de la tête de façon à former une couronne. Pour l'empêcher d'exhorter ses fidèles, les bourreaux lui coupèrent les lèvres, la langue et le nez, lui fendirent la bouche jusqu'aux oreilles. Ils firent ensuite rôtir des lambeaux de sa chair et les mangèrent sous ses yeux. Puis, ils jetèrent de l'eau bouillante sur sa tête, enduisirent son corps de résine et le firent griller lentement. Enfin, un chef iroquois lui arracha le cœur, le dévora et but le sang du martyr. Le père Lalemant subit un supplice du même genre pendant seize heures, pour finir le crâne fracassé à coups de hache. »

— Il est mort? demande Yvette, les yeux tout humides.

Je crois qu'à l'avenir, je vais adoucir mes descriptions. Mes élèves sont peut-être un peu trop sensibles.

17

L'âme lourde

Saint-Boniface, le 27 avril 1932

Mon cher ami,

Enchaînée pour la vie à ma tâche d'institutrice, je n'en vois même plus le côté exaltant, juste sa routine implacable. À vrai dire, je ne sais plus où j'en suis, un jour toute à me soucier de l'avancement de mes élèves, le lendemain livrée à la mélancolie. À quoi vaut-il la peine de donner son talent, sa vie[8]?

Vis-tu parfois les mêmes angoisses que moi?

J'attends de tes nouvelles avec impatience.

Gabrielle

Je lui ai répondu que moi aussi, j'ai parfois l'âme lourde. Cependant, j'essaie de ne pas la laisser m'écraser. Si seulement je pouvais m'acheter une automobile, la vie serait moins monotone. Pour l'instant, inutile d'y penser. Avec mon maigre salaire, ce n'est pas demain que je vais me faire décoiffer sur la route.

Au Manitoba, Gabrielle gagne trois fois plus que moi et elle trouve quand même le moyen de geindre sur son sort. Moi pas, car plusieurs familles des alentours sont encore plus pauvres. Certains élèves doivent marcher pieds nus, les souliers pendus au cou pour ne pas les user. Ils ne les mettent qu'en arrivant à l'école. Le midi, ils n'ont presque rien à manger. Parfois, lorsque les parents m'envoient des légumes, je prépare un gros chaudron de soupe que nous partageons. Comme mon oncle Georges, dans son village de Champigny Coeuilly, en France.

Inutile de dire que les vêtements de mes élèves ne sont pas toujours très chauds. Probablement qu'ils l'étaient quand ils ont été fabriqués, mais l'usure les a «refroidis». La plupart du temps, le plus vieux refile ses habits au suivant et ainsi de suite. Rendus au cadet, on peut presque voir à travers l'étoffe. Toutefois, personne ne se plaint, puisque chacun vit de la même manière. Il n'y a que Gabrielle, pour se poser des questions auxquelles nul n'a jamais de réponse.

D'une lettre à l'autre, année après année, son humeur change et rechange de couleur. Dans l'une de ses précédentes missives, elle m'écrivait :

Quelque bon matin, je déplore ma condition et me répands en lamentations continuelles sur l'humanité toute entière. Au soir de ce même jour, peut-être que je

trouverai bon et beau tout ce qui m'entoure, toujours
préoccupée d'un beau grand rêve sans trêve[9].

Je me demande bien de quel grand rêve elle parle. Quoi qu'il en soit, Gabrielle devrait arrêter de se poser des questions et plutôt prendre la vie comme elle vient.

18

Monsieur de la Chevrotière

Saint-Boniface, le 7 octobre 1934

Mon cher Gabriel,

Un vaste champ à l'abandon me fait face, bout de ville retourné à la campagne, ou bout de campagne jamais venu en ville. J'aime bien cette phrase, surgie toute seule de mon imagination. Je trouve qu'elle cadrerait bien dans un livre. Qu'en penses-tu ? Je vais la noter, dans mon cahier mauve.

Je participe, trois fois par semaine, aux activités du Cercle Molière. Les répétitions en vue du spectacle annuel débutent à l'automne pour se poursuivre jusqu'à la fin de l'hiver. C'est alors que nous donnerons l'unique représentation de la pièce choisie. Je passe la majeure partie de mes loisirs dans le monde merveilleux du théâtre, où tout se déroule dans l'ivresse.

Bien amicalement.

Gabrielle

Ici, nous n'avons pas le temps de faire du théâtre. Je viens d'avertir mes élèves :

— Dans quelques minutes, nous recevrons la visite de monsieur l'inspecteur. Soyez sages et répondez à ses questions comme je vous l'ai montré.

— Est-ce que je dois bourrer le poêle, monsieur ?

— Pour quelle raison, Josaphat ?

— C'est ce que fait ma mère, lors de la visite paroissiale du curé. Il a tellement chaud qu'il ne s'éternise pas.

Je ne crois pas que ce soit nécessaire, puisque je n'ai rien à me reprocher.

— Est-ce que je peux aller aux toilettes ?

— Dépêche-toi, Isabelle.

Il est en retard, l'inspecteur, comme pour mieux faire sentir son importance.

J'entends le bruit d'une automobile. Les enfants se tiennent bien droits.

Il entre.

— Bonjour, monsieur l'inspecteur…, chantonnent mes élèves en chœur.

Il ne porte pas de raquettes, mais plutôt un élégant costume. Il pose sur moi un regard hautain, dédaigneux. Je comprends tout de suite que nous ne serons jamais amis.

— Je me présente, monsieur de la Chevrotière, inspecteur. Veuillez me montrer votre journal d'appel, monsieur Roy.

Il me toise, comme si je n'étais qu'une vulgaire fiente de corneille, puis ajoute :

— Ma fille étudie présentement à l'École normale. J'ose espérer que dans sa future carrière d'institutrice, elle aura la chance d'œuvrer dans des conditions plus civilisées. J'imagine que les latrines se trouvent à l'extérieur ?

Je lui tends le cahier qu'il a demandé et il l'examine avec attention. Pointant le doigt sous une ligne, il me fait remarquer qu'un des parents n'a pas de prénom. Puis il se lève, regarde les enfants un à un et déclare :

— Je vais maintenant procéder à l'énonciation de la célèbre dictée qui m'a fait connaître dans tout le comté. Vous écrivez ces noms communs, et les grands doivent ajouter "un" ou "une" devant chaque mot, selon son genre.

Il prononce lentement :

— Alvéole, apocalypse, épître, hémisphère, oasis, tentacule, obélisque, intervalle.

Mes élèves me regardent, l'air ahuri. Je suis certain qu'ils n'ont jamais entendu la plupart de ces mots.

Je fais signe à Josaphat de mettre une bûche de plus dans le poêle.

19

Monsieur papa

Saint-Boniface, le 27 août 1936

Cher ami,

Pardonne-moi de ne pas t'avoir écrit depuis si long-temps. Je viens de passer un été formidable chez ma cousine de Camperville, un petit village de rien du tout sur les bords du merveilleux lac Winnipegosis. Pendant un mois, j'ai fait la classe à ses trois aînés. Les plus jeunes, au seuil de la salle, pleuraient pour venir aussi à l'école. Le vendredi, je les laissais entrer et ils suivaient les leçons dans le silence le plus complet.

À la fin de ces belles vacances, je suis revenue à l'Institut Provencher. J'ai alors pris la décision d'aller voir du pays. Dès que j'aurai amassé assez d'argent pour que maman et Clémence puissent se débrouiller en mon absence, je partirai. Pour l'instant, ma mère a besoin de moi. Non seulement sur le plan financier, mais aussi pour son moral.

J'entends l'appel insistant qui me commande de quitter pour me mesurer à quelque défi que me lance le monde, ou que je me lance moi-même[10].

Au revoir, porte-toi bien et sois heureux dans ton travail.

Affectueusement.

Gabrielle

En ce début d'année, je ne relèverai aucun défi particulier, comme le projette Gabrielle. Je remplis plutôt mon nouveau journal d'appel, à partir de celui de l'an dernier. C'est alors que je constate qu'il est encore incomplet, comme me l'a fait remarquer l'inspecteur l'année dernière et la précédente encore. En temps normal, ce grand registre contient des renseignements sur chacun des enfants : son nom, sa date de naissance, le nom du père et de la mère, les jours d'absence, les retards et les résultats de fin du mois. En fait, il ne me manque, à part les données de mes nouveaux élèves, que le prénom du père de Léontine, que j'ai dû oublier d'inscrire. Je vais donc la voir pour le lui demander :

— Léontine, quel est le nom de ton père ?

Elle me regarde, surprise.

— C'est papa.

— Il a bien un prénom, comme toi et moi.

— Je ne pense pas. Chez nous, tout le monde l'appelle papa.

— Je crois que tu ne comprends pas, Léontine. Moi, je ne peux pas l'appeler papa.

Elle pouffe de rire.

— Parce que ce n'est pas votre père, voyons !

— Les gens qui ne sont pas de ta famille, comment l'appellent-ils ?

Elle réfléchit un instant.

— Monsieur Gouin.

— D'accord, Léontine. Tu peux oublier ma question.

Souvent, Léontine est un peu lente. Elle a beaucoup de difficultés à retenir ses leçons.

— Est-ce que je peux aller aux toilettes, monsieur ? demande Isabelle, faiblement.

Elle n'a vraiment pas l'air bien. Même parler semble la faire souffrir.

Saint-Gérard, le 12 novembre 1936

Ma chère Gabrielle,

Une de mes petites élèves s'est éteinte, hier. J'ai passé la nuit avec son père, à veiller son corps. Elle s'appelait Isabelle, la fille de Thérèse, avec qui j'allais à l'école. Elle était en septième année, qu'elle aussi a redoublée.

Je me souviens de sa première journée dans ma classe. Quand elle est arrivée, ses larmes se sont mises à couler. Chaque fois que je la regardais, Isabelle recommençait à pleurer. Il m'a fallu une semaine pour l'apprivoiser. Elle a tout d'abord séché ses pleurs puis, en m'écoutant chanter le Ô Canada, elle a éclaté de rire. Je n'ai pas le choix, tu le sais, je dois entonner l'hymne national au moins une fois par semaine, c'est la règle. Chaque fois, Isabelle riait. Au bout d'un mois, elle n'a que souri. Son doux sourire nous a quittés hier.

Tu me parlais du chant de tes élèves, mais la voix d'Isabelle était exceptionnelle, si mélodieuse, si pure. J'aurais tant aimé que tu puisses l'entendre. Une voix d'ange qui, j'en suis sûr, l'a menée tout droit au paradis.

Je l'aimais beaucoup, Isabelle.

J'espère que la vie est bonne pour toi, dans les plaines de l'Ouest canadien.

Gabriel

20

La malheureuse pourchassée

Saint-Boniface, le 21 avril 1937

Cher Gabriel,

Fin octobre, ma mère a chuté sur la glace vive et s'est fracturé une hanche. On a dû l'opérer puis l'immobiliser dans un corset de plâtre, lui enfermant le torse, les deux bras et une jambe. Maintenant, elle va beaucoup mieux. J'ai eu peur que cet accident ne compromette mon grand projet.

Nous avons vendu la maison, qui nous coûtait beaucoup trop cher. Maman peut continuer d'habiter l'étage, mais elle a perdu son piano, sa galerie, sa cour et ses fleurs. Je sais que je devrais rester à Saint-Boniface pour m'occuper d'elle et de Clémence. Mon désir d'évasion semble proportionnel à la misère dans laquelle s'enfonce ma mère.

Accepterais-tu, s'il te plaît, de jeter un coup d'œil à la lettre que j'ai rédigée afin d'obtenir un congé ?

J'espère que tu m'écriras encore.

Gabrielle

Saint-Boniface, le 19 avril 1937

Commission scolaire de Saint-Boniface

Messieurs,

Afin de réaliser le projet que j'ai formé d'aller passer une année en Europe pour y poursuivre des études d'art dramatique et de diction française, je vous prie de bien vouloir m'accorder une année d'absence.

Je vous soumets cette demande avec l'assurance que vous y verrez non seulement le souci que j'ai de me développer personnellement, mais aussi l'espoir d'acquérir des connaissances qui pourraient servir au développement de l'art dramatique dans notre école.

Je vous prie de considérer que je ne pourrais mettre ce plan à exécution sans l'assurance de retrouver ma position à mon retour avec les avantages actuels qu'elle comporte. En m'accordant ce privilège, vous me donneriez une très précieuse marque d'appréciation dont je vous serais reconnaissante et dont je m'efforcerais de rester toujours digne.

Je vous remercie à l'avance[11].

Gabrielle Roy

Est-ce qu'elle est heureuse, dans son Manitoba, ma Gabrielle ? On peut en douter, puisqu'elle veut partir. Moi, il ne me serait jamais venu à l'idée de quitter le pays en laissant ma mère malade. Toutefois, il faut se méfier de ses écrits, car elle a parfois tendance à exagérer. Par exemple, l'hiver dernier, quand elle a voulu m'expliquer qu'il faisait tempête :

Alors, le vent s'est mis à pleurer tout alentour, d'une manière si douloureuse. La neige, cette malheureuse pourchassée, ne pouvait se poser, même pour un instant.

On dirait qu'elle ne peut pas s'exprimer en termes simples. Je la soupçonne cependant de travailler beaucoup les lettres qu'elle m'envoie. Je ne serais pas surpris qu'elle en rédige plusieurs versions avant de les poster. Peut-être que si j'en faisais autant, je pourrais écrire un livre et enfin m'acheter une automobile. Je n'aurais qu'à adapter mes récits de missionnaires martyrs :

« Les sauvages me tranchèrent les deux pouces en introduisant dans mes plaies béantes de longues tiges de bois qui atteignaient mes coudes. Ils me brûlèrent un doigt et m'en broyèrent un autre avec les dents. Tout cela était rendu plus cruel par la multitude de puces, de poux et de punaises, auxquels les doigts coupés et mutilés permettaient difficilement d'échapper. »

Je pourrais même essayer d'en mettre un peu plus :

« Nous avons beaucoup souffert de la faim, de la haine cruelle des barbares et des vives douleurs de nos plaies non soignées, qui s'envenimaient et où naissaient même des vers. »

21

Au nom du père et du fils

La Petite Poule d'Eau, le 22 août 1937

Cher cousin,

Je sais que ce n'est pas raisonnable de laisser maman toute seule avec Clémence, de lui refuser le soutien que je suis la seule à pouvoir lui apporter. Personne dans ma famille n'accepte mon choix de quitter l'enseignement. Ils jugent absurde que je dilapide les maigres économies que j'ai accumulées, alors que sévissait la crise. Ils ne comprennent pas que je veuille m'accomplir et suivre de vrais cours de théâtre, auprès des grands maîtres. Si je ne pars pas maintenant, jamais je ne trouverai le courage de le faire.

Je prends le bateau dans une semaine pour l'Europe, d'où te parviendra sûrement ma prochaine lettre. Je ne sais pas combien de temps je pourrai y demeurer, avec les neuf cents dollars que j'ai réussi à mettre de côté.

Puisque je ne toucherai pas de salaire l'an prochain, j'ai accepté un poste pour les vacances.

Cette minuscule école de l'île la Petite Poule d'Eau, avec son pupitre sculpté dans du sapin, n'est ouverte que l'été, en raison de l'éloignement. Je gagne le même salaire que lors de mon remplacement à Marchand, soit cinq dollars par jour.

Je vis en ce moment dans un des lieux du monde les plus enchanteurs, où je refais mes forces physiques et morales. J'enseigne à lire et à écrire, en anglais et en français, à sept élèves : trois petits Métis, des Pharand, et les quatre enfants Côté, dont une adolescente de quatorze ans.

À la fin de la journée, s'il n'y a pas trop de moustiques affamés et d'affreuses mouches noires, toujours avides de sang, nous allons nous baigner ensemble dans la Grande Poule d'Eau. Je n'ai jamais vu de rivière plus belle, toujours limpide, d'un bleu si tendre. Hier, j'ai fait une promenade, accompagnée de quatre poules, trois chats, le chien, un cochonnet, le coq et une bonne partie des brebis avec leurs agneaux qui paissent en liberté.

Je rentre à Saint-Boniface dans deux semaines. L'idée de mon départ, que je prépare depuis si longtemps, m'angoisse un peu. Je ne peux plus reculer, ma remplaçante est trouvée, mon billet acheté et mon passeport est prêt. J'ai parfois l'impression de déserter. Qu'en penses-tu ?

À bientôt, avec mes amitiés.

Gabrielle

P.-S. Tu prieras pour moi.

Elle veut que je prie pour elle? Gabrielle n'a pas choisi la bonne personne. Si je détestais les prières lorsque j'étais jeune, je ne les apprécie guère plus à présent. C'est d'ailleurs ce que me fait remarquer monsieur le curé, venu jaser avec moi après l'école. Depuis le temps, il a changé son dentier, qui tient un peu mieux en place.

— Gabriel, fais un effort, s'il te plaît !

— Monsieur le curé, mes élèves disent toutes leurs prières, comme il se doit.

— Tu pourrais peut-être les accompagner, les réciter en même temps qu'eux. L'école est le vestibule de l'église, tu sauras me le dire. Dans ta classe, tu as autant de pouvoir qu'un prêtre dans sa paroisse, déclare-t-il en postillonnant à peine.

— Je suis tout à fait d'accord, monsieur le curé. Quand vous dites la messe, est-ce que quelqu'un vous indique quoi mettre, dans votre sermon ?

Il sourit. Nous nous comprenons bien, tous les deux.

— D'un autre côté, Gabriel, je dois te féliciter. On m'a raconté que tes cours d'histoire du Canada sont très colorés. Il est temps que nos enfants apprennent ce que ces païens ont fait subir à nos valeureux missionnaires.

Moi qui pensais recevoir un blâme pour avoir décrit les tortures trop en détail.

— Je vous remercie, monsieur le curé. Pour ce qui est des prières, je vais trouver une solution, je vous le promets.

— Fais semblant, au moins !

22

L'Europe

La fièvre du printemps a frappé ma cousine, jusqu'à lui en faire perdre la raison. Pour vous en convaincre, lisez la première des quatre lettres qu'elle m'a fait parvenir en provenance d'Angleterre[12] :

Londres, le 23 avril 1938

Mon cher Gabriel,

Excuse-moi de ne pas t'avoir écrit plus tôt. Je te résume en quelques lignes la vie européenne. À mon arrivée à Paris, il m'est paru aussi impossible de me faire entendre que si j'avais été transportée au cœur de la Chine. J'ai eu l'impression de descendre chez un peuple en permanent état de guerre interne. Tout y est sujet de dispute et d'argument. On y prend cependant goût, lorsqu'on arrive à battre les Parisiens sur leur propre terrain.

Ici, à Londres, j'ai le cruel sentiment de m'être leurrée en espérant une vie agrandie. Naïvement, je me croyais du talent pour le théâtre, mais j'ai abandonné les cours d'art dramatique. À la Guildhall School of Music and Drama, on a qualifié mon accent de barbare. Un médecin m'a ordonné catégoriquement d'oublier à tout jamais l'idée de devenir actrice. « Votre gorge ne supporterait pas ce métier, a-t-il dit. Votre voix vous manquerait en peu de temps. » Pourquoi Dieu nous écoute-t-il, même quand on lui demande des choses qui plus tard ne feront plus notre affaire ?

Le croiras-tu, j'ai rencontré ici, en Angleterre, un jeune Canadien d'origine ukrainienne. Dès que nos regards se sont croisés, ses yeux ne se sont plus détachés des miens. Parmi une centaine de visages, je n'en voyais plus qu'un, ou plutôt que le feu sombre d'un regard qui m'appelait irrésistiblement. On me l'a présenté et j'ai tout oublié de l'heure qui a suivi.

Nous ne disions rien, continuant à nous appeler du regard comme si nous n'en revenions pas de nous être retrouvés l'un l'autre, après un si long chemin à travers le monde et à travers la vie. Nous sommes partis ensemble en accord silencieux, sans nous être consultés autrement, il me semble, que d'un coup d'œil. Stephen a entrelacé ses doigts aux miens et j'ai eu la curieuse sensation que nos mains aux doigts emmêlés n'en faisaient qu'une. Nous avons marché sans savoir où nous allions, en balançant nos mains liées au rythme de la marche.

Il ne me posait aucune de ces questions que l'on pose d'ordinaire et moi non plus, je ne l'interrogeais pas sur sa vie. Pour l'instant, nous n'étions qu'à l'enivrement d'être l'un à côté de l'autre. Je sentais au bout de mes doigts qui tremblaient les siens frémir aussi. En moi naissaient des ondes qui tour à tour me brisaient et me ravissaient. J'osais à peine respirer.

As-tu déjà connu un pareil sentiment, Gabriel?

Je pense à toi avec affection.

Gabrielle

Gabrielle pense à moi avec affection et elle meurt d'envie d'embrasser le premier venu. Et elle a le culot de me demander si j'ai déjà connu un pareil sentiment, alors que j'étais en pâmoison devant elle, au Manitoba! Je ne sais pas si c'est ce garçon qui la trouble, mais son style d'écriture laisse beaucoup à désirer. Tout cet entrelacement de doigts et de mains devient agaçant, à la longue.

D'ailleurs, cette lettre n'était qu'une introduction. J'en ai reçu une autre deux jours plus tard. Gabrielle peut laisser passer des mois, des années sans donner de nouvelles, et voilà qu'elle me bombarde.

Londres, le 25 avril 1938

Mon cher cousin,

J'ai revu Stephen et nous sommes allés à l'opéra. Il a gardé entre ses doigts les miens qu'il ne cessait de porter à ses lèvres, déposant sur le bout de chacun un léger baiser.

Nous nous sommes ensuite rendus dans un vieux pub des docks, en plein quartier populaire. Les excentriques l'ont remis à la mode, allant y boire de la bière en fût avec les ouvriers en casquette et les pittoresques clochards. Main dans la main, un courant électrique ne cessait de passer entre nous.

À ma porte, nos lèvres se sont unies. Nous avions de plus en plus de peine à nous arracher l'un à l'autre. Parfois, c'était lui qui me retenait, mais souvent c'était moi qui ne pouvais souffrir de le voir partir. La tempête déchaînée en nous nous faisait nous retenir l'un à l'autre comme deux êtres emportés par la tourmente.

Stephen me donne l'impression de vivre intensément. Je n'entrevois plus le monde qui nous entoure qu'en de brèves éclaircies.

Je te souhaite de tout cœur un bonheur semblable au mien.

Gabrielle

Elle l'a embrassé! Gabrielle le connaît à peine et voilà qu'elle l'embrasse! Elle ne sait rien de lui et je serais prêt à parier qu'il ne lui a même pas encore présenté ses parents. Non, mais dans quel monde vivons-nous? Où s'en va la morale?

Je lui ai répondu de manière assez vive, en lui expliquant que là, c'en était vraiment trop, qu'elle exagérait. Je l'ai fait pour rien, car j'ai reçu ce qui suit, cinq jours plus tard. Ma lettre n'avait donc pas eu le temps de traverser l'océan Atlantique par bateau.

Londres, le 30 avril 1938

Cher Gabriel,

J'ai une très grande confidence à te faire et je compte sur ta discrétion. Hier, j'ai connu mon premier compagnon d'amour. Alors que nous nous embrassions, la porte à laquelle j'étais appuyée a cédé dans mon dos et s'est ouverte d'elle-même. Nous avons monté les marches sans nous détacher.

Les doigts entrelacés, je lui ai confié qu'à mes yeux, l'amour n'était ni léger, ni passager, mais grave. Que je l'avais toujours considéré en quelque sorte comme irrévocable. Qu'au fond l'on ne revenait pas de l'amour, pas plus que l'on revenait de la mort. Et c'est sans doute pourquoi il me faisait si peur tout en m'attirant invinciblement.

Stephen me retenait tout près de lui. J'entendais son cœur battre à grands coups. La flamme dansante et folle de nos yeux nous renvoyait l'un à l'autre notre image frêle et délicate. Nous sommes partis vers une sorte de naufrage... peut-être bienheureux... du moins nous étions deux à sombrer.

J'espère que je ne t'embarrasse pas en te confiant ces secrets.

Toutes mes amitiés.

Gabrielle

Qu'entend-elle par son « premier compagnon d'amour » ? Pas ce que je n'ose imaginer, du moins, je l'espère, ils ne sont pas mariés ! Non, elle a sans doute voulu me faire comprendre qu'elle l'aime bien, qu'il est un compagnon de voyage agréable. Je suis heureux qu'elle ait enfin pu trouver quelqu'un avec qui échanger, même si j'en suis un peu jaloux.

23

Simone

Londres, le 30 juin 1938

Cher ami,

Un dimanche de la mi-mai, Stephen a murmuré, comme si l'aveu lui en était arraché par une sorte de bonté infinie:

— Je pense que je t'aime.

Le lendemain, aucune nouvelle de lui. Le surlendemain et le jour suivant, toujours rien. Je suis restée dans ma chambre à attendre, et les heures ont défilé comme elles doivent s'écouler pour ceux qui sont au cachot.

Je me suis alors résignée à appeler un numéro que Stephen m'avait donné avec une certaine hésitation. Une voix de femme m'a répondu qu'il était en voyage, elle ne savait pas où ni pour combien de temps. Un gouffre s'est ouvert devant moi, désemparée.

Son absence a duré près d'un mois. Puis il a téléphoné.

— Tu m'as manqué, tu sais.

— Je pars à l'instant. Peux-tu aussi partir tout de suite? De cette manière, nous nous retrouverons à mi-chemin, à moins que tu ne marches très vite.

Nous sommes restés un long moment, joue contre joue, à nous bercer. Le sortilège me reprenait. Sur la grève déserte, les flots tentaient de remonter lorsqu'il a dit:

— Je ne suis pas libre et ne le serai pas pour quelques années encore. J'ai engagé ma vie à lutter dans l'intérêt de mon pays, l'Ukraine, martyrisé par l'Union soviétique, et je n'aurai de repos et de vie personnelle tant que je n'aurai pas vengé les crimes commis contre mes frères malheureux. Staline a réduit l'Ukraine à une des plus cruelles famines de l'histoire, parce qu'elle résistait au bolchévisme.

Imagine-toi que Stephen a dû rester caché dans la grange d'un paysan près d'une semaine, presque sans nourriture. C'est un miracle qu'il en soit sorti vivant.

Après ses explications, j'en suis venue à comprendre qu'il adhérait à un groupe dont le but était ni plus ni moins que le renversement du pouvoir soviétique en Ukraine. Ses études à l'Université de Londres n'étaient que du camouflage.

J'étais ébranlée d'apprendre la nature de la passion qui l'éloignait de moi. Aurais-je pu la partager que je me serais sentie moins trahie. Mon amour était mort… ou «morte», aurait dit ce cher Rutebeuf. Je l'ai su en un instant bref, décisif.

Stephen, sans doute allégé de s'être ouvert le cœur, me parlait des promenades que nous ferions : Cambridge, Canterbury, Chaucer… Je ne le croyais plus. Jamais je ne le croirais. Il m'a révélé ce soir-là une âme trop prise par sa passion politique pour que l'amour puisse y occuper une place chaude et vivante.

Quand il m'a tendu les bras, m'appelant du regard, nous avons cherché le remède au mal d'aimer dans l'amour qui ne pouvait que nous éloigner de plus en plus l'un de l'autre.

J'ai conçu du mépris envers moi-même, j'ai lutté de toutes mes forces pour me détacher de lui. Puis je suis revenue, pour me haïr encore plus fort, pourchassée par ma propre désapprobation. Me sentant abandonnée, j'ai alors pensé à un être aimé laissé longtemps sans nouvelles. Ma mère, dans ses lettres angoissées, m'a fait souvent le reproche de ne pas écrire.

Je ne sais plus vraiment où j'en suis. J'éprouve un peu de soulagement en me confiant à toi. Je sais que tu me comprends.

Gabrielle

Au moins, elle se souvient de sa mère. Je suis heureux de constater qu'elle a décidé de remettre les pieds sur terre. Par contre, si je lisais entre les lignes, je crois que je pourrais comprendre qu'elle essaie de me dire quelque chose. D'après moi, cet homme, elle ne l'aime plus. J'ai peut-être encore une chance. Il faudrait toutefois que mon oncle Édouard ait changé d'avis, à propos des fréquentations à l'intérieur de la famille. À moins que nous ne vivions notre amour dans le plus grand secret, loin du Manitoba? Gabrielle acceptera-t-elle de déménager? Je vais attendre sa prochaine lettre avant de prendre une décision.

Mais pour ce qui est de son Stephen caché dans la grange, presque sans nourriture, il n'y a là vraiment rien de comparable aux récits du père Brébeuf!

Paris, le 14 février 1939

Cher cousin,

Lorsque je me suis embarquée pour la traversée Douvres-Calais, on n'aurait su imaginer ciel plus triste, gris et mouillé. Le cri des mouettes renforçait mon sentiment de n'avoir pas avancé d'un pas, d'en être toujours à chercher un chemin impossible à travers le brouillard et la pluie.

Que d'émotions en traversant la Manche, livrée à une des pires tempêtes jamais vues! Notre navire montait à la crête de vagues monstrueuses qui nous laissaient choir brusquement comme au plus profond de la mer. Le bateau craquait de toutes parts. À ses plaintes se mêlaient celles des humains et cette autre encore, si hallucinante, du vent errant captif dans les coursives.

J'ai vu les passagers pâlir, verdir, sortir précipitamment de la salle à manger, la main à la bouche. Ce mal de mer atroce nous porte à croire que nous allons mourir, et nous en venons même à le souhaiter. Je me voyais enfermée dans une de ces affreuses coques d'autrefois, qui mettaient des mois à passer d'Europe en Amérique, immigrante hoquetante, qui n'arriverait sans doute pas vivante au terme du voyage.

Maintenant, mon corps, mon cœur et mon âme se portent mieux et j'ai repris goût à l'écriture. De plus, j'ai rencontré une jeune femme au Café de Flore, ici à Paris. J'avais déjà croisé son regard d'un bleu limpide et brillant, mais je n'avais pas osé l'aborder. Cette fois-là, je n'ai plus hésité :

— Bonjour, mademoiselle. Puis-je m'asseoir un peu avec vous ?

Elle a levé vers moi des yeux saisissants, comme interrompue d'un profond sommeil.

— Oui, bien sûr. Mais quel accent vous avez ! D'où venez-vous ?

J'étais un peu piquée, car je croyais avoir parfaitement maîtrisé l'accent parisien. Je lui ai demandé ce qu'elle écrivait.

— Je travaille sur un roman. J'enseigne dans un lycée et j'écris depuis dix ans. J'ai essayé de faire publier un recueil de nouvelles, mais les éditeurs m'ont dit que personne ne s'intéresserait jamais à l'histoire de jeunes femmes bourgeoises.

Je lui ai demandé pourquoi elle continuait.

— Je n'abandonnerai jamais la partie. L'écriture n'est pas un à-côté de ma vie, mais ma vie même. Pour entrer dans le secret des choses, il faut se donner entièrement à elle[13].

Comme je réfléchissais à ses paroles, elle a conclu :

— Je m'appelle Simone de Beauvoir, et vous ?

J'espère qu'elle persévérera et qu'elle trouvera un jour un éditeur qui la comprendra. Pour ma part, j'ai rédigé du même souffle trois écrits sur le Canada. Un hebdomadaire parisien me les a achetés alors que j'étais en Angleterre et m'a envoyé un chèque de cinq dollars pour le premier. J'ai cru mourir d'émotion, folle d'excitation.

Je t'embrasse en te souhaitant une belle Saint-Valentin.

Gabrielle

24

Le pape Gabriel

Je ne comprends pas pourquoi Gabrielle me parle de cette Simone et de ses histoires de jeunes femmes bourgeoises. Par contre, je dois admettre que son récit de la traversée de la Manche n'était pas mal du tout. Je me demande si elle n'en a pas inventé une partie, comme je le fais parfois avec mes élèves. J'aime bien leur raconter des histoires abracadabrantes, de temps en temps. L'autre jour, toutefois, je suis peut-être allé trop loin. Du moins, c'est l'avis de monsieur le curé.

— Dis, Gabriel, tu n'aurais pas entendu parler d'un instituteur qui se serait rendu à Rome, dernièrement ?

— Je devrais ?

— On m'a informé que ce jeune homme aurait eu pour mission de remplacer le pape durant le congé pascal !

J'ai juste raconté aux enfants que le nouveau pape Pie XII voulait prendre quelques jours de vacances, à l'occasion de Pâques. Alors, j'ai prétendu que c'est moi qu'il avait demandé pour le remplacer.

Devant monsieur le curé, j'essaie de me défendre un peu :

— Puisque je porte le nom de l'archange qui a annoncé à Marie qu'elle donnerait naissance à Jésus, j'ai cru que je serais crédible.

— Tu n'es pas sérieux, Gabriel ?

— C'était une blague, monsieur le curé. Je l'ai expliquée à mes élèves le lendemain et ils ont tous compris.

— Pourtant, monsieur Gouin rapporte ton exploit partout. Il est très fier que l'instituteur de sa fille ait eu la chance d'occuper le siège du Saint-Père.

— Je crois que Léontine était absente, lorsque je leur ai avoué la plaisanterie. Je vais vérifier dans mon journal d'appel.

En l'ouvrant, je me souviens du renseignement qui me manquait.

— Monsieur le curé, pourriez-vous me donner le prénom de monsieur Gouin ?

— Monsieur Gouin, le père de Léontine ?

Il tousse, comme s'il voulait gagner du temps.

— Je pense qu'il n'apprécierait pas trop. Pour quelle raison as-tu besoin de cette information, Gabriel ?

— Un prénom, ce n'est tout de même pas secret ?

— Sauf si on s'appelle Gouin et qu'on est né le 4 septembre, tu sauras me le dire.

— Je ne vois pas le rapport.

— Je vais t'expliquer, fait-il en se mordant les joues pour ne pas rire. Dans certaines familles où le respect de la religion revêt une importance capitale, on a conservé quelques traditions anciennes. Ainsi, chez les Gouin, il était coutume de donner aux enfants le nom du saint dont c'était la fête la journée de leur naissance.

Ses épaules sautent.

J'ai justement un calendrier de la fête des saints accroché au mur. Je le consulte. Je n'en reviens pas, c'est impossible !

Monsieur le curé s'esclaffe :

— Tu comprends pourquoi je t'ai dit qu'il ne serait pas content que je t'apprenne son prénom ?

25

Monsieur Gouin

Montréal, le 7 juin 1939

Mon cher Gabriel,

Je suis de retour au Québec depuis le mois d'avril. Avec environ quinze dollars en poche, j'ai d'abord logé rue Stanley, dans la plus misérable chambre qu'on puisse trouver en dehors des prisons. Elle était si étroite qu'entre le lit de fer et la commode de tôle grise, je ne parvenais à passer que de biais. La fenêtre donnait sur la cour arrière de la gare centrale. Il y avait beaucoup de bruit, car presque tous les trains de la ville s'engouffraient dans cette immense forêt de cheminées d'usine.

Maintenant, j'habite une petite chambre au coin de Greene et Dorchester, surchauffée par le soleil. L'été s'annonce invivable dans ce four. Je ne connais personne à Montréal. J'ai besoin de gagner pour manger ; j'ai

faim. J'écris des articles pour quelques magazines, dont
Le Jour *et* La Revue moderne.

Je me revois parfois, au cours d'un moment de rêve, jeune institutrice dans sa salle de classe, entourée d'élèves attentifs: une reine aimée parmi ses sujets. Retrouverai-je jamais cette chaleur perdue, ce sentiment de la tâche raisonnable que l'on peut arriver à accomplir à peu près bien[14]? Mon congé se terminant bientôt, je dois décider si je donne ma démission ou si je retourne enseigner au Manitoba, selon le désir de maman.

Donne-moi vite de tes nouvelles.

Je t'embrasse affectueusement.

Gabrielle

P.-S. J'avais oublié de te dire que j'ai revu Stephen, une dernière fois. Tout ce que j'avais connu de triste, de désolant dans l'amour s'est effacé. Il a pris ma main et a enlacé ses doigts aux miens. Soudain, nous étions à nous étreindre comme si nous étions les seuls êtres de notre espèce à être restés ensemble sur la Terre.

Désespérant! J'ai repris la plume pour lui dire ce que je pensais de cette relation impossible. Elle ne comprendra donc jamais que ce garçon ne lui convient pas? En fait, elle n'aura pas le choix, un océan les sépare.

De toute manière, j'ai d'autres préoccupations plus urgentes, puisque la fin de l'année est déjà arrivée. Pour cette dernière journée d'école, la distribution des prix se fait en présence du curé, des parents et d'un commissaire. Comme nous le savons, notre cher commissaire se nomme monsieur Gouin.

On remet toujours les prix en commençant par les élèves les plus avancés, pour terminer avec ceux de première année. En général, ce sont des livres qui sont donnés aux élèves méritants. L'épaisseur du volume varie selon l'année de scolarité.

D'après la liste que j'ai préparée, chacun de mes élèves devrait recevoir quelque chose, pour les encourager à persévérer.

Après de nombreuses et très longues prières, monsieur le curé passe la parole à monsieur Gouin :

— Chers parents et chers enfants, c'est avec plaisir que je me retrouve parmi vous aujourd'hui. Vous n'ignorez pas que la coutume veut que seuls les élèves méritants reçoivent une récompense. Or, cette année fera exception. Comme vous l'avez sans doute remarqué, si les temps sont durs pour vous, ils le sont aussi pour la commission scolaire. Une fois l'entretien de l'école et le salaire de l'instituteur payés, car il est très bien rémunéré, il ne reste presque plus rien. C'est donc ce que les élèves vont recevoir cette année : presque rien !

C'est une blague ?

— En conséquence, il ne sera remis qu'un seul prix. J'aimerais que la récipiendaire, mademoiselle Léontine, s'avance pour nous déclamer un petit compliment.

C'est donc sa fille qui vient d'obtenir l'unique prix : *Le Pèlerin de Sainte-Anne*. Le même livre que j'avais reçu en septième année, dans cette même école !

Insulté, je me lève et, d'une voix de stentor, je demande :

— Léontine, ce ne serait pas la fille d'un certain monsieur Gouin, né le 4 septembre ?

Il s'étouffe ! Je continue :

— Je tiens à vous faire remarquer que lors de la journée mémorable du 4 septembre, nous célébrons la fête de saint Marin.

Des murmures et des ricanements discrets commencent à se faire entendre. Le commissaire manque d'air.

Je reprends :

— En mon nom et en celui de mes élèves, je vous remercie de tout cœur, monsieur Marin Gouin !

26

Le téléphone analphabète

Montréal, le 17 septembre 1939

Cher cousin,

Je ne comprends pas comment il se fait qu'un peuple civilisé puisse se comporter de la sorte. Au Manitoba, nous avons réglé la question du droit de vote des femmes en 1916, il y a plus de vingt ans! Inacceptable, je ne vois pas d'autre mot!

Aujourd'hui, je parle l'anglais et le français mieux que la plupart des hommes québécois et pourtant, je ne peux même pas voter. Parce que je suis une femme, ce qui est tout à fait ahurissant!

Pardonne-moi de ne pas t'écrire plus longuement. Bien amicalement.

Gabrielle

En visite chez monsieur le curé, j'en profite pour lui demander son opinion sur le sujet qui semble tant tracasser Gabrielle :

— Que pensez-vous de cette nouvelle idée d'accorder le droit de vote aux femmes ?

— Je n'en pense rien, il y a des problèmes plus importants. De toute façon, si les femmes étaient les égales des hommes, on en aurait déjà entendu parler. S'il n'y a jamais eu de femmes ordonnées prêtres, il doit y avoir une bonne raison, tu sauras me le dire.

D'après moi, ce n'est qu'une question de temps avant que les femmes obtiennent le droit de vote. Tout évolue si vite, de nos jours. Le progrès est vraiment partout. Prenez la radio, par exemple. Je sais que ce n'est pas une invention récente, mais elle m'impressionne encore. Il n'y a personne dans la boîte et pourtant, on entend quelqu'un. Parfois, ils sont même plusieurs ! Et que dire du téléphone, avec lequel on peut parler au loin, sans avoir à crier. Difficile à croire, mais c'est la vérité, je vous le jure ! Toutefois, je ne comprends toujours pas bien le fonctionnement de cet appareil. Je sais comment l'utiliser, mais je ne saisis pas le principe. Quand on a fini de parler, les paroles restent-elles là, ou sont-elles rangées ailleurs ?

Le téléphone pose aussi un autre problème, car nous sommes six à partager la même ligne. Chaque abonné a une sonnerie différente, mais le téléphone sonne dans toutes les maisons, peu importe à qui s'adresse l'appel. Donc, n'importe qui peut décrocher et écouter la conversation. Chez nous, notre numéro est le 26. Lorsque quelqu'un le compose, les six téléphones sonnent deux longs coups et un plus court. Pour le voisin, on entend un seul coup. Seul monsieur le curé a une ligne privée, au presbytère. C'est d'ailleurs sur ce sujet que s'est poursuivie notre conversation :

— Vous êtes chanceux, vous, de ne pas avoir à partager votre ligne téléphonique.

— À six sur la même ligne, c'est un carillon infernal. Je ne voudrais pas que chacun entende, quand j'appelle à l'archevêché. Est-ce que je vais écornifler dans la maison des voisins, moi ?

Un peu, tout de même, lors de sa visite paroissiale.

— Gabriel, toutes ces inventions modernes finiront par nous perdre. Notre culture disparaîtra peu à peu. Penses-tu qu'avec le téléphone, les gens prendront encore le temps de s'écrire ? Je suis certain que non. À cause de la radio, ils arrêteront de lire. La bonne orthographe va se perdre, tu sauras me le dire. Nos élèves vont se mettre à orthographier au son. Tu sais bien qu'ils recherchent avant tout la facilité. Or, parler exige moins d'efforts qu'écrire.

— Déjà qu'ils ont de la difficulté à aligner cinq mots sans faire trois fautes. La situation se dégrade d'année en année. Qu'est-ce que ce sera, lorsque plus personne n'aura besoin de l'écriture ?

— Nous deviendrons un peuple analphabète, Gabriel, une population inculte, vouée à la déchéance ! Souvent, je me demande si le progrès nous fait toujours avancer vers l'avant.

S'il avance, il faut que ce soit vers l'avant. S'il avançait vers l'arrière, ce serait donc qu'il recule, mais je le lui ferai remarquer une autre fois.

27

Adélard et Henri

Montréal, le 25 septembre 1942

Mon cher ami,

Excuse-moi de ne pas t'avoir écrit plus tôt. Toi non plus, tu n'as pas donné beaucoup de nouvelles. J'espère que tu n'as pas été malade, au moins.

Tu te souviens lorsque je t'ai fait part de ma profonde indignation à propos du droit de vote des femmes ? À cet égard, j'ai eu toute une surprise, il n'y a pas longtemps. Alors que j'interviewais le premier ministre du Québec, Adélard Godbout, je lui ai demandé quelle loi, votée sous son gouvernement, lui avait fait le plus grand plaisir. Il a répondu :

« En toute franchise, le droit de vote des femmes. Voyez-vous, dans ma vie, c'est une femme qui m'a le plus marqué : ma première institutrice. Cela me semblait parfaitement injuste que la société ose lui refuser *le droit de vote, à elle qui était intelligente et infiniment capable de comprendre son époque. »*

Il était grand temps en effet que ces messieurs réagissent! Parlant de messieurs, j'ai rencontré quelqu'un de très gentil. Il a un cœur d'or, une immense culture, une étonnante maîtrise de la langue et de la littérature contemporaine. Henri connaît tout le monde : journalistes, éditeurs ou politiciens. Il manie les règles du milieu et sait toujours à quelle porte frapper. Cet homme n'élève jamais la voix et respire une bonté infinie. Il n'a que dix ans de plus que moi[15].

Nous marchons souvent ensemble dans les rues de Montréal. Au cours de ces promenades m'est venue l'idée d'un roman, dont l'histoire se déroule en ville. Je l'ai commencé il y a trois ans, mais je n'y consacre que deux ou trois mois chaque année, entre mes reportages pour Le Bulletin des agriculteurs.

Je me suis jetée dans l'écriture romanesque comme on se jette à l'eau, sans savoir encore nager. Après tout, on n'est pas uniquement en ce monde pour y accomplir ses tâches quotidiennes, mais aussi pour accorder de la place aux rêveries qui élèvent et reposent l'âme.

J'aimerais bien que tu viennes me rendre visite, quand tu en auras l'occasion. Il ne faut pas que tu attendes d'invitation, car elle t'est toujours offerte de grand cœur et avec plaisir.

Gabrielle
P.-S. J'allais oublier un petit détail : Henri est marié.

Non, mais dites-moi que je rêve! C'est à moi, encore une fois, que Gabrielle vient raconter ses amours. Quel toupet, et avec un homme marié, elle n'est vraiment pas gênée!

Une autre chose m'agace. Je ne me souviens plus quand, mais il me semble qu'elle m'a déjà parlé de bonté infinie. C'était peut-être à propos de sa mère, ou de l'une de ses sœurs. Celle qui est religieuse, je crois.

Quoi qu'il en soit, je n'ai pas répondu à sa lettre. À quoi bon, que puis-je espérer? Je ferais mieux de me résigner et d'abandonner tout espoir. Quant à son invitation, je vais l'ignorer, elle aussi. J'imagine qu'elle veut que je sois témoin de ses amours interdites? Très peu pour moi. Pourtant, elle me semblait plutôt réservée, à l'époque. Il faut croire qu'elle a changé, et pas pour le mieux.

Plusieurs semaines ont passé sans que nous échangions de nouvelles correspondances. Je l'avais d'ailleurs presque chassée de ma mémoire, quand j'ai reçu deux lettres, coup sur coup. *Lumière et ténèbres, sourire et larmes*, comme elle l'aurait écrit.

28

Un tendre matin

Montréal, le 26 juin 1943

Cher Gabriel

J'ai une très bonne nouvelle à t'annoncer. Sans trop oser l'espérer, j'ai demandé une augmentation de salaire invraisemblable, qui m'a été accordée. Je touchais quinze dollars par reportage, puis cinquante, et maintenant j'en gagne deux cent soixante-quinze par mois, tout au long de l'année. Je pourrai enfin aider maman un peu plus. Je vais lui écrire tout de suite; nous ne serons plus jamais pauvres.

Je dois livrer huit articles, qui me prennent environ un mois chacun. Il me reste donc quatre mois pour me consacrer à mon roman, qui compte désormais neuf cents pages dactylographiées. J'espère qu'un éditeur voudra y jeter un œil, lorsque je l'aurai terminé.

Je suffoque dans ma petite chambre de la rue Dorchester, sise sous les toits brûlants, chauffés à blanc. J'ai l'impression d'être tout le temps dans une cuve d'eau bouillante. Du haut de la montagne, je peux toutefois observer mes personnages, qui vivent dans Saint-Henri, où je descends souvent.

Je souhaite de tout cœur que tu continues de réaliser tes projets avec bonheur.

Amitiés.

Gabrielle

Saint-Boniface, le 29 juin 1943

Mon cher ami,

Maman nous a quittés il y a trois jours. Nous l'avons enterrée ce matin, un des plus tendres matins dont je puisse me souvenir. Elle n'aura jamais reçu ma lettre. C'est à une morte que j'ai offert mon aide financière, en retard. La vie, si radieuse soit-elle, est aussi ironie cruelle et méchanceté sans bornes.

J'aurais dû m'en douter, lorsque je suis passée la voir, lors de mon retour de l'Alaska. Assise dans sa berçante, elle m'a demandé de changer de place et de lui laisser le sofa, pour se reposer. Elle devait se sentir très mal pour avouer ainsi sa fatigue. Je me souviens de sa dernière lettre, où elle disait qu'elle gardait le lit, sauf pour les repas. Elle avait hâte de me voir, quand cela ne me dérangerait pas trop.

Pourquoi ne m'a-t-elle pas attendue? J'ai relu le télégramme je ne sais combien de fois: « Maman décédée ce matin à dix heures. Funérailles mardi. T'attendons si possible. Germain. »

Mes yeux s'arrêtaient toujours sur le mot « décédée ».

Pour me consoler, Bernadette m'a confié que j'avais apporté à maman le sentiment qu'elle devait être une femme exceptionnelle pour avoir donné le jour à une enfant si douée. J'ai pris plaisir à y croire.

Quand j'ai voulu jeter une vieille photo de moi qui traînait, Clémence s'est opposée: « C'était la photo de toi que maman préférait. Elle voulait tout le temps l'avoir sous les yeux. Trois jours avant sa mort, elle me l'a encore fait déplacer, pour la mettre devant elle, sur cette table. Elle disait que cette photo lui faisait reprendre espoir que toi au moins, de tous ses enfants, avais peut-être le don du bonheur. »

Je me souviens de ma mère comme d'une militante discrète. Elle s'est battue toute sa vie, au Manitoba, pour être servie en français. Elle disait que c'était notre droit, notre devoir de réclamer ce service. Quand elle essuyait une rebuffade, elle rouspétait. Parfois aussi elle abdiquait, lasse de cette guerre. Elle sortait alors son anglais approximatif. Maman avait souvent l'impression d'être traitée en inférieure, à cause de sa langue. Je me rappelle encore lorsqu'elle m'a dit: « Garde ton français, mais apprends aussi l'anglais. Tu n'en seras aucunement appauvrie. Les appauvris, ce seront ceux qui n'auront pas fait un pas vers nous alors que nous allons vers eux. »

Un jour, j'espère que prendront fin les vieilles querelles de langue, de foi, de race et que s'uniront les gens du pays pour en faire un exemple d'intelligente collaboration[16].

Tâche de rester en bonne santé.

Je t'embrasse.

Gabrielle

29

La grande visite

Une année plus tard, quelle n'est pas ma surprise de voir arriver ma cousine, au beau milieu de l'après-midi.

— Je viens de Magog, me dit-elle, et je suis en route vers Lac-Mégantic. Puisque j'avais une grande envie de te revoir, j'ai pensé venir te saluer. Depuis combien de temps ne s'est-on pas vus, une quinzaine d'années?

Elle a changé, certes, mais elle est aussi jolie qu'à l'époque.

— Seize ans, Gabrielle.

Après les embrassades, je la débarrasse du lourd paquet qu'elle transporte.

— C'est mon manuscrit, précise-t-elle, celui dont je t'ai parlé dans une de mes lettres de l'an dernier.

— Neuf cents pages, c'est bien vrai?

— J'ai un peu réduit le premier jet. Il ne compte plus que quatre cent quatre-vingt-dix-neuf feuillets, reliés dans les deux cahiers que voici. Je l'ai soumis aux éditions Pascal et il a été accepté ! Nous avons signé le contrat hier. Je me souviendrai de cette date toute ma vie : le 28 août 1944 !

Je lui demande :

— Quand sera-t-il publié ?

— À la fin du mois d'octobre.

— En deux volumes, comme le manuscrit ?

— Non, en un seul.

— Tu y as donc travaillé durant plus de quatre ans ?

— Au départ, j'avais envisagé écrire le récit sous la forme d'une nouvelle.

— Une grosse nouvelle !

— Oui, elle a pris du poids. J'ai tenté d'exprimer du mieux que j'ai pu ce que j'ai vu à Saint-Henri. C'est lorsque je me promenais dans ses rues que les personnages sont apparus.

— Tu ne m'avais pas dit que l'histoire se situait à Montréal ?

— Saint-Henri est un quartier de Montréal, me souffle-t-elle avec un clin d'œil.

Elle prononce Saint-Thenri, alors que moi, je ne ferais pas la liaison. Le « H » de Henri doit sûrement être aspiré. Enfin, elle doit le savoir mieux que moi, puisqu'elle y vit, à Saint-Thenri.

— Viens t'asseoir, Gabrielle, que nous puissions jaser plus à l'aise. Parle-moi de toi, comme à l'époque. Tes amours, comment se portent-elles ?

Gabrielle déballe tout d'un trait :

— La femme d'Henri est une folle qui déteste son mari et lui rend la vie impossible. Elle refuse toute solution qui le libérerait. C'est le drame de ma vie d'avoir trouvé en lui le seul homme qui me convienne parfaitement, qui m'aime sans l'ombre d'égoïsme[17].

Je me souviens, maintenant! La bonté infinie, c'était au sujet de Stephen, son Anglais.

— Pourquoi souris-tu, Gabriel?

Je nous débouche chacun une bouteille de bière, qu'elle boit à même le goulot.

— Écris-tu toujours tes articles pour *Le Bulletin des agriculteurs*, Gabrielle?

— Je suis actuellement en reportage dans les Cantons-de-l'Est. J'arrive tout juste de Lennoxville. Savais-tu que l'Université Bishop a été la première université canadienne à accepter des femmes en médecine?

Des femmes médecins? Je ne sais pas ce que monsieur le curé va en penser.

— Dis, Gabriel, si tu me demandes si j'écris toujours pour *Le Bulletin des agriculteurs*, c'est que tu ne le lis pas?

— J'ai peut-être sauté quelques numéros.

Mes parents sont abonnés à la revue, que je feuillette à l'occasion. En réalité, je ne regarde qu'*Onésime*, la nouvelle bande dessinée.

30

Les gens des îles

Gabrielle fouille dans la pile de revues et sort le dernier exemplaire du *Bulletin des agriculteurs*, d'août 1944, qu'elle me met sous le nez :

« La route sinueuse et magnifique qui enserre le flanc de ses collines, glisse un collier aux faîtes de ses montagnes et vient, toujours souple et astucieuse, poser une frange ocre au ras même de l'écume bondissante. C'est le symbole de la Gaspésie d'aujourd'hui. »

— Là-bas, précise Gabrielle, les noms de lieux racontent souvent une histoire, comme Pointe-à-la-Frégate, L'Anse-Pleureuse ou Manche-d'Épée. Je suis aussi allée sur la Côte-Nord : deux cents milles* de sable blond, puis une éclosion de pics, d'arêtes et de falaises.

— Qu'est-ce qui t'a étonnée le plus, dans tes voyages ?

---

* 320 kilomètres.

— J'ai parcouru le Canada d'un océan à l'autre, mais je n'ai pas encore compris pourquoi le ministère de la Colonisation a proposé aux habitants des Îles-de-la-Madeleine de s'établir à l'île Nepawa, en plein cœur de l'Abitibi.

— Pour qu'ils ne soient pas dépaysés, puisque c'est une île?

— Je crois que c'est la raison que le ministère a donnée.

— Gabrielle, es-tu retournée au Manitoba, à part pour l'enterrement de ta mère?

— Il y a deux ans, j'ai produit une série d'articles sur les colonies un peu isolées. J'imagine que tu ne les as pas lus?

— Peut-être bien que si, mais depuis deux ans, j'ai eu le temps d'oublier…

— Je me suis rendue pas très loin de l'endroit où nous nous sommes rencontrés, tu t'en souviens? À l'époque, si tu ne t'étais pas montré aussi indépendant, je pense que tu m'aurais intéressée.

C'est maintenant qu'elle le dit!

— Si tu n'avais pas été mon cousin, bien sûr, joli jeune homme!

Elle va me faire rougir! Pour détourner la conversation, je demande:

— Tu as éprouvé le besoin de retrouver tes racines les plus profondes, au Manitoba?

— Il a fallu bien des circonstances pour que s'éveille ma curiosité passionnée envers les gens et les lieux canadiens. Que je vive à l'étranger, que je parcoure des coins perdus de l'Essex et de la Provence. Que, de retour et fixée à Montréal, je connaisse la solitude et peut-être, avant toute chose, que je me sente, pendant quelque temps, comme sans pays[18].

Moi, j'aurais utilisé moins de mots pour dire la même chose : « J'ai voyagé et je m'ennuie. »

— Tu n'arrêtes donc pas de te promener ?

— C'est tout de même dans mon coin de pays d'origine que j'ai découvert des gens extraordinaires. Chez les Huttérites, par exemple, tous se partagent les fruits du travail collectif ; aucune possession personnelle, aucune distinction de fortune possible. Ils vivent au son de la cloche, qui les appelle à la prière et aux repas.

— Sont-ils obligés, eux aussi ?

— De prendre des repas ?

— Non, de prier !

Nous éclatons de rire.

— Continue, Gabrielle.

— Les Doukhobors, eux, refusent de manger de la viande, car tuer les bêtes qui travaillent avec l'homme leur paraît la dernière des ingratitudes. Les Mennonites, le croiras-tu, fabriquent encore le charbon de terre, un mélange de combustible de tourbe et de fumier pétris, coupé en morceaux et mis à sécher au soleil. Quant aux Sudètes, ils remplissent leurs maisons de chats et de chiens. Ils élèvent aussi des oies, parce qu'elles sont sociables. Ils donnent des noms qui correspondent à leur tempérament à toutes les bêtes, même aux poules. Elizabetha me parlait de leur vache, qui venait de mourir. Une bête douce, avenante, pas rueuse une miette, avec des yeux couleur de miel. Elle s'amenait d'elle-même des pâturages tous les soirs à six heures et quart exactement. Elizabetha l'accueillait alors avec une pomme de terre chaude trempée dans du beurre.

— Une vache ponctuelle[19] !

31

L'idiot du village

Cher Gabriel,

Bonheur d'occasion est enfin paru en juin, avec huit mois de retard, en deux volumes plutôt qu'un seul. J'ai toutefois exigé que les deux tomes soient vendus ensemble, sous une même bande, au prix unique de trois dollars. Comble de malheur, la pagination des deux tomes est continue, alors que la numérotation des chapitres commence à I dans chaque volume.

Et ce n'est pas tout! Le chèque que j'ai reçu des éditions Pascal était sans provision. J'ai donc rompu le contrat et j'ai repris mes droits. Je n'aurais jamais dû m'associer avec cet éditeur.

J'espère que tu viendras bientôt me rendre visite dans la grande ville de Montréal.

À bientôt, avec mes amitiés.

Gabrielle

Parlons-en, de la grande ville de Montréal. J'ai emprunté la camionnette de mon père et j'y suis allé. Et je m'y suis perdu, égaré, j'ai tourné en rond pendant une éternité ! Durant au moins trois heures, je suis passé et repassé devant les mêmes endroits un nombre incalculable de fois. Tout d'abord, je me suis rendu rue Beaudoin, au 510. À voir la maison, plutôt délabrée, je me suis douté que ce n'était pas à cet endroit que Gabrielle habitait. J'ai quand même frappé à la porte, qui s'est ouverte sur une famille comptant pas moins de sept enfants. Personne n'avait vu, ni même entendu parler de ma cousine.

Je me suis donc déplacé à l'angle des rues Saint-Jacques et du Couvent. Là, j'étais pas mal certain de la trouver. Je me suis renseigné, personne ne connaissait Gabrielle. J'ai même précisé qu'elle avait écrit un roman qui se passait ici, à Saint-Henri, rien à faire. Je crois que j'aurais eu autant de succès si je leur avais demandé s'ils avaient déjà croisé le frère André ou Maurice Richard.

C'est là, à cet endroit précis, que tout s'est gâté. La brunante approchait à grands pas, suivie de près par sa noire sœur. Moi aussi, je suis capable de jouer avec les mots, quand je m'en donne la peine. Bref, c'est un policier qui m'a reconduit jusqu'au pont Jacques-Cartier. J'étais tellement épuisé que je lui ai donné mon adresse, au lieu de celle de ma cousine. De toute manière, j'en avais assez de chercher. Il était plus de deux heures du matin quand je me suis enfin couché. Gabrielle va avoir de mes nouvelles, croyez-moi !

Saint-Gérard, le 2 novembre 1945

Chère Gabrielle,

Je suis allé te rendre visite la semaine dernière, mais je n'ai jamais pu trouver la maison de la rue Beaudoin, pas plus que celle de la rue du Couvent. Tu aurais pu au moins me prévenir de ton déménagement, avant de m'inviter. Si tu passes dans le coin, je serai très heureux, moi, de te recevoir.

Mes salutations.

Gabriel

Montréal, le 18 novembre 1945

Mon cher ami,

Je suis vraiment désolée que tu te sois donné autant de mal pour me trouver. Tu aurais dû me prévenir, je t'aurais attendu. Surtout, je t'aurais indiqué la route à suivre. Contrairement à ce que tu as pu penser, je n'ai jamais habité Saint-Henri, même si l'action de mon roman s'y déroule. Ce sont les personnages de Bonheur d'occasion *qui vivent rue Beaudoin et du Couvent. Moi, je loge dans une chambre de l'Hôtel Ford. Par contre, j'ai sillonné souvent ces rues, mes pas me ramenant presque toujours malgré moi vers le fleuve, pour un long tête-à-tête. J'y ai découvert des gens par bien des côtés pareils à ceux de ma petite rue Deschambault. Des milliers d'ouvriers en chômage, qui voyaient en la Deuxième Guerre mondiale une chance de salut.*

À la saison des déménagements, au mois de mai*, j'ai même feint de chercher un logement, pour entrer dans les sombres logis. J'ai vu des enfants qui ne pouvaient pas aller à l'école, parce qu'ils n'avaient pas de vêtements.

C'est quand même étrange que les plus pauvres, en bas, vivent tout juste en face des plus riches, en haut.

J'espère que tu ne m'en veux pas trop et que tu reviendras.

Je t'embrasse.

Gabrielle

Je n'avais jamais songé à regarder sur l'enveloppe de la dernière lettre que Gabrielle m'a envoyée. Je la tiens en ce moment entre mes mains et l'adresse de l'*Hôtel Ford* y est bel et bien inscrite : 1425, rue Dorchester. Si au moins je ne lui avais pas déjà écrit il y a à peine deux semaines, j'aurais pu éviter cette humiliation. Mais qu'est-ce que j'ai pensé ? Et que va-t-elle penser de moi, dorénavant ? Elle doit vraiment me prendre pour un imbécile. Un pauvre d'esprit qui s'imagine qu'elle habite la même maison que les personnages de son roman.

D'ailleurs, son livre, il est bon, mais pas autant que la critique le prétend : « L'habile phraséologie, l'art de faire avancer l'histoire d'un point à un autre, donnent

---

* À l'époque, on déménageait le 1er mai.

au roman une force qui captive l'imagination des lecteurs… C'est ce qui fait de ce livre une œuvre d'art[20]. »

Personnellement, je trouve qu'elle a utilisé les termes « les ailes du nez » un peu trop souvent. J'imagine que c'est de la poésie ? Depuis quand les nez ont-ils des ailes ?

D'après moi, elle serait mieux de retourner au journalisme, ou encore à l'enseignement. Elle ne réussira jamais à gagner sa vie en faisant de la littérature.

32

Le prix Fémina

Paris, le 16 novembre 1947

Mon cher cousin,

À Paris, novembre est froid et pluvieux. À cause du rationnement, nous sommes presque morts de faim. Le moindre repas de soupe claire et de pain jaune coûte les yeux de la tête. En arrivant, j'étais anxieuse, car j'ignorais si je gagnerais ou non le prix Fémina. On nous avait dit que le résultat nous serait communiqué vers deux heures. Mon mari achevait d'user le tapis de l'hôtel, à force de marcher d'un mur à l'autre. Lorsque le coup de deux heures a sonné, Marcel a suspendu ses allées et venues d'ours polaire en cage. J'ai dit faiblement:

— Nous ne l'avons pas. Retournons au Canada; nous irons dans le Grand Nord élever des animaux à fourrure.

À deux heures sept minutes, la sonnerie du téléphone a retenti. J'ai entendu mon mari parler d'une voix sans timbre, mourante, comme pour acquiescer à la fatalité. J'ai pensé : « Il reçoit des condoléances. »

Il a raccroché et m'a dit :

— Tu l'as !

Marcel m'a mis sur la tête mon chapeau qui me descendait jusqu'aux oreilles. Puis, il est sorti comme un fou, il a couru chez le fleuriste et est revenu chargé d'un énorme pot d'azalées fleuries. Avec mes éditeurs, nous avons traversé Paris comme des gens qui ont le feu derrière eux.

C'était la gloire ! On a même pris mon vieux manteau de rat musqué pour du vison. J'ai été obligée d'accorder beaucoup d'entrevues, que les journalistes ont pris plaisir à transformer, voire déformer. Une grande bringue a osé affirmer que j'étais née dans une cabane de bûcherons, aux confins du cercle arctique. Une autre a dit : « C'est une Française déguisée en Canadienne. Vous le voyez bien, elle a l'accent de Bordeaux. »

Enfin, quelqu'un qui a reconnu mon accent français !

J'ai hâte de te présenter Marcel, mon mari. Il est grand, bien éduqué et il a cinq ans de moins que moi. Sa voix douce, son accent belge et ses beaux yeux bruns m'ont tout de suite enchantée. Oubliant mes anciennes blessures, mon cœur s'est lancé follement sur la pente vertigineuse de la passion. Il me dit combien je suis belle et désirable. Avec lui, je connais l'extase, l'abandon des sens, la fusion totale des corps amoureux. Ensemble, *nous allons escalader tous les paliers de la montagne et réaliser notre plein potentiel[21].*

Toi, as-tu rencontré quelqu'un ?

Bien affectueusement.

Gabrielle

Non, mais je ne suis tout de même pas sa sœur, ni sa meilleure amie ! Il y a quand même des choses qu'un cousin ne veut pas entendre ! Et puis non, je n'ai encore rencontré personne, je suis toujours célibataire. Surtout, je n'ai pas envie d'entendre celle qui a conquis mon cœur, pour le briser ensuite, me décrire l'extase et l'abandon des sens. Franchement !

Saint-Germain-en-Laye, le 13 juin 1949

Cher cousin, surtout cher ami,

Je regrette d'avoir tant tardé à te donner des nouvelles. Ma santé va mieux depuis quelques mois. Auparavant, j'ai été assez secouée, mal en train. Lorsque l'écriture me fait défaut apparaissent les ennuis gastriques, l'insomnie, les maux de gorge et toute la nuée de petits diables qui me font la vie dure.

Ici, j'ai la magnifique forêt de Saint-Germain, tout près, et je m'y promène souvent. La campagne, à l'heure indécise du crépuscule, est d'une couleur bleu sombre si invitante. Je me souviens qu'enfant, je souhaitais vivement cette heure. Saint-Germain est une ville fort intéressante qui possède de très vieux châteaux. Louis XIV y est né et le bon roi Henri IV y a demeuré.

J'ai mis de côté Alexandre Chenevert, *un roman sur lequel je peine depuis deux ans. J'ai plutôt commencé l'écriture de* La Petite Poule d'Eau. *C'est l'endroit où j'ai enseigné un été, je t'en avais déjà parlé. Je m'y étais reposée, et peut-être quelques-uns de mes lecteurs s'y reposeront-ils aussi, ce dont je serais tout heureuse. Cette région si primitive m'est revenue à l'esprit à Chartres! Oui, à Chartres, sur le portique de cette cathédrale qui est bien le plus beau joyau qu'ait créé l'artifice des hommes*[22].

Je pense à toi avec affection.

Gabrielle

Gabrielle va-t-elle demeurer pour toujours en France? Après l'écriture de son livre, va-t-elle retourner à l'enseignement? Il y a fort à parier que non, puisqu'elle a donné sa démission. Je n'en reviens pas qu'elle soit mariée, vraiment dommage…

33

Désillusion

Le livre que Gabrielle a commencé alors qu'elle était en Europe, je viens de le lire. Vous l'aurez remarqué, nous sommes parfois assez longtemps sans nous donner de nouvelles. Bref, *La Petite Poule d'Eau* est un très beau récit, qui raconte un peu ce que nous avons vécu, chacun de notre côté. Encore une fois, Gabrielle n'a pas pu s'empêcher d'exagérer. Toutefois, personne ne s'en rendra compte. C'est ce qui fait le talent d'un écrivain, je crois : mentir tout en paraissant dire la vérité.

Le journal reprend d'ailleurs une critique, parue à Baltimore, aux États-Unis : « Rarement publie-t-on un livre d'une si grande beauté tant du point de vue de l'expression que de celui du thème. Car il nous procure la même satisfaction intellectuelle et émotive que nous inspire un beau poème[23]. »

Gabrielle ne cesse de recevoir de belles critiques, alors que mon propre manuscrit vient d'être refusé par une maison d'édition. Oui, j'ai tenté ma chance, moi aussi. J'avais déjà dit que si je retravaillais mes textes de martyres, je pourrais peut-être me faire publier. Eh bien, j'ai eu tort! L'éditeur, un incompétent notoire, m'explique dans sa lettre que mon roman est incomplet, pas très original et qu'il manque de rigueur. J'y avais pourtant travaillé une bonne partie de l'été, tous les jours et souvent le soir, jusque tard dans la nuit. Je l'avais même relu à deux reprises, avant de le mettre à la poste.

Je me sens découragé, même si je sais qu'il se trompe. Devrais-je arrêter de gaspiller de l'encre et du papier? Pourtant, mes élèves semblent les apprécier, mes histoires. Monsieur le curé m'avait même félicité, vous vous souvenez?

Dire que pour Gabrielle, tout semble si facile. Je lui ai fait part de la mauvaise nouvelle et voici ce qu'elle m'a répondu:

LaSalle, le 20 décembre 1951

Cher Gabriel,

Je suis désolée de ce qui t'arrive. Il faut savoir qu'un récit, s'il est bien mené, doit pouvoir rejoindre tous les lecteurs, quels que soient leur âge, leur sexe, leur appartenance sociale ou leur origine, et apporter à chacun la part de beauté et de vérité dont il a besoin. Voilà le côté théorique. En pratique, quand je commence un nouveau livre, je me sens comme une funambule, toujours

sur le point de tomber. L'écriture est un exercice telle-
ment périlleux.

Une œuvre de fiction est très étrange. Qui peut vous
dire ce qui est bon, ce qui est mauvais, ce qui est vrai,
ce qui est faux[24] ?

Surtout, garde courage.

J'ai hâte de te lire.

Gabrielle

Gabrielle a raison, l'éditeur n'a pas su distinguer le bon du mauvais. J'ai donc décidé de ne pas me laisser abattre et de produire une nouvelle mouture, amélio-rée. Je l'ai envoyée dans une autre maison d'édition, une meilleure, du moins je le croyais.

J'étais tellement inspiré lorsque j'ai écrit mon his-toire, le texte coulait, telle l'eau d'une source. C'est à peine si j'avais le temps de coucher les mots sur le papier, de former les lettres qui affluaient à toute vitesse. J'avais l'impression qu'une force supérieure me les dictait, je n'avais aucun effort à fournir.

Malgré ce résultat, selon moi fort réussi, mon manuscrit a été refusé une fois encore. Difficile à croire, mais cet abruti d'éditeur a osé insinuer que mon récit manque d'originalité et qu'il n'est pas prêt pour la publication. Non, mais qu'est-ce qu'ils ont tous ? Ce sont eux qui manquent d'originalité, qui répètent toujours la même chose ! Je m'en suis ouvert à Gabrielle dans une longue lettre, et elle m'en a retourné une autre.

Cher ami,

J'ai appris à me méfier des jours où l'écriture est trop coulante ou trop facile. Avant, je pensais que c'était mon meilleur ouvrage, parce qu'il m'était donné, en quelque sorte.

Au cours du processus de réécriture, qui est considérablement plus long que la rédaction du premier jet, les personnages se développent en profondeur. Lors de ces révisions, les dialogues sont affinés, élagués et de nouveau affinés. Ils se déploient sur une toile de fond dont les nuances se précisent dans toute leur richesse.

Il arrive parfois qu'un roman puisse faire songer à un iceberg dont on dit qu'un huitième seulement de sa hauteur totale émerge de l'eau. Sa partie immergée, sur laquelle tout repose, lui assure, s'il doit y parvenir, de flotter quelque temps.

Je te prodigue des conseils, mais j'ai rarement été si affaissée et à bout qu'en ce moment. Cette impitoyable lassitude ne me quitte pratiquement jamais. Pendant quelques jours, il me semble que je commence à grimper la côte, puis c'est encore une dégringolade. Je travaille un peu ; pas trop mal peut-être ; il m'est difficile d'en juger. Je n'éprouve aucun plaisir à écrire ce livre qui a pour personnage un commis de banque, Alexandre Chenevert. *Je n'avance pas, toutes ces ébauches successives que j'ai mises sur papier jusqu'ici ne paraissent pas tellement se tenir ensemble. J'ai l'impression cependant qu'il y a une* légère amélioration, mais n'en parlons pas trop. Que de fois j'ai fait fuir de merveilleuses possibilités, en criant trop tôt à la capture[25].

Je te souhaite tout le succès que tu mérites et que tu obtiendras un jour, je n'en ai aucun doute.

Il m'est très agréable de recevoir de tes nouvelles.

Marcel t'envoie toutes sortes d'amitiés.

Gabrielle

34

Hit Parade 1957

J'ai décidé de laisser reposer l'écriture pour un temps. Je consacre désormais mes loisirs à la musique; j'en écoute beaucoup. À l'occasion, monsieur le curé se renseigne et me demande mon avis:

— Gabriel, tu dois connaître les chanteurs modernes?

— Je sais qu'en France, on parle beaucoup de Jacques Brel, Georges Brassens et Henri Salvador. Mais mon préféré demeure Louis Armstrong, un chanteur de jazz américain.

— Le jazz, encore une invention de barbares. Parce qu'ils ne savent pas lire la musique, ils improvisent. C'est du moins ce qu'on m'a rapporté.

— C'est vrai qu'il n'y a rien pour battre le chant grégorien, monsieur le curé. L'anglais ne surpassera jamais le latin.

— Serais-tu en train de te moquer de moi, Gabriel?

— Pas du tout.

Juste un peu.

— Le chanteur dont je veux que tu me parles, c'est le jeune fou qui se déhanche comme s'il avait un tison ardent dans le pantalon ! s'emballe-t-il en projetant quelques gouttelettes.

— Je crois qu'il s'appelle Elvis Presley. Je ne l'ai pas vu, je l'ai entendu seulement, une fois ou deux. Ne vous inquiétez pas, d'après moi, sa carrière ne fera pas long feu. D'ailleurs, il ne chante pas, il hurle. C'était sans doute sa dernière visite au Canada, en avril dernier.

— Tu as raison. Avec un peu de chance, les demoiselles s'apercevront vite qu'il ne sait pas chanter et elles se lasseront de le regarder.

— Je vais demander à Gabrielle ce qu'elle en pense.

— Au fait, comment se porte-t-elle, ta cousine du Manitoba ?

— Elle vient de faire l'acquisition d'une maison de campagne à Petite-Rivière-Saint-François, dans la région de Charlevoix.

— Vit-elle toujours à Montréal ?

— Elle habite la ville de Québec depuis cinq ans.

— Écrit-elle encore ?

— Elle a reçu le prix littéraire du Gouverneur général du Canada pour la traduction anglaise de son dernier roman, *Rue Deschambault*. L'année passée, on lui a décerné le prix Duvernay.

— Je t'ai demandé si elle écrivait, pas si elle récoltait des prix !

Monsieur le curé est toujours aussi direct, il ne passe pas par quatre chemins.

— Avant *Rue Deschambault*, elle a publié *Alexandre Chenevert*, un ouvrage sur lequel elle travaillait depuis une dizaine d'années. D'ailleurs, elle raconte dans ce livre que la planète Terre se réchauffe. Son personnage affirme que des savants ont étudié le bouclier de glace de l'Arctique, et que ce bouclier, une réserve de glace, est en train de fondre. Qu'en pensez-vous ?

— Gabrielle écrit des histoires inventées. Elle peut faire dire ce qu'elle veut à n'importe qui. Au début des années 1900, les grandes sécheresses étaient déjà attribuées aux changements du climat, tout comme les pluies diluviennes. Si la Terre se réchauffait, on en aurait entendu parler !

35

Gabriel Roy, inspecteur
à cha-chapeau

Petite-Rivière-Saint-François, le 2 octobre 1957

Mon cher Gabriel,

D'une falaise, nous dominons le fleuve, une chaîne de belles collines sur un côté, l'Isle-aux-Coudres en bas. Un coup d'œil extraordinaire, l'un des plus jolis paysages du monde, je pense bien. Comme si cette petite maison haut perchée était le seul vrai refuge que j'aie jamais eu dans ma vie errante.

Le vent fait chanter un groupe de thuyas dressés juste au bord de la falaise : mes anges musiciens. Monsieur Toung, le ouaouaron, pince chaque soir la corde de son violoncelle. Ce sont là mes chanteurs préférés, pour répondre à la question de ton curé.

Ici, le poêle ronronne, tout comme la Grande-Minoune-Maigre. Cette longue chatte étirée, la queue de travers avec des taches bleues mal taillées, mal distribuées sur sa robe blanche n'est pas belle du tout. À ce qu'on dit, elle aurait déjà eu près de soixante enfants.

Aujourd'hui, les vaches sont sur le flanc, se laissant vivre.

— On est bien, meuglent-elles. Que pouvons-nous dire de plus ! On est bien, c'est la journée des vaches.

Des vaches heureuses d'être vaches, poursuivant de molles « rêverasseries »[26].

Je crois que je vais commencer à écrire des contes pour enfants, qu'en penses-tu ?

Je souhaiterais te voir pendant qu'il me reste encore un peu de diable au corps. Ici, à Petite-Rivière-Saint-François, tu ne risques pas de t'égarer.

Téléphone-moi avant de partir, au 418 632-5481.

Affectueusement.

                                                        Gabrielle

Moi, je n'ai pas acheté de chalet, je ne cause pas avec les vaches et j'ai rangé ma plume. Cependant, j'ai quand même senti le besoin d'opérer certains changements dans ma vie professionnelle. À quarante-sept ans, me voilà donc inspecteur. Mon travail consiste entre autres choses à effectuer deux visites par année dans chacune des écoles, pour vérifier si l'institutrice applique bien le programme. Je ne sais pas comment je vais m'y prendre, car mon territoire couvre deux cent cinquante établissements. Au moins, j'ai enfin pu m'acheter une automobile d'occasion, à crédit.

Il y a un mois, je suis allé rencontrer une certaine demoiselle de la Chevrotière. C'est elle qui m'a expliqué, avec mépris, de quelle manière je devais procéder. Quand je lui ai fait remarquer, après la dictée, que presque tous ses élèves avaient fait la même faute, elle a répliqué :

— Je leurs ai pourtant dit et je leurs ai répété que "leur" ne prend jamais de "s", s'il est suivi d'un verbe.

Elle insistait vraiment beaucoup sur la prononciation du « s », à la fin de « leurs », en faisant une liaison très marquée.

La fille de l'ancien inspecteur a dû oublier que ce n'était pas son père qui allait rédiger le rapport. Ma première évaluation ne lui apportera certainement pas d'augmentation de salaire l'an prochain.

Aujourd'hui, je me rends à l'école de rang que j'ai moi-même fréquentée. Après avoir fait le tour du bâtiment où j'ai aussi enseigné, j'entre dans la classe. Moi, je ne suis pas en retard. Les élèves m'accueillent :

— Bonjour, monsieur l'inspecteur...

Je ne vois pas l'institutrice. C'est alors que je constate que j'ai oublié de noter son nom. Elle vient tout juste d'être nommée, car celle qui la précédait a quitté son poste sans prévenir. Personne ne sait pourquoi, mais tout le monde s'en doute.

Puis, soudain, une apparition, une révélation sort de derrière le rideau qui sépare la classe de la chambre de la nouvelle maîtresse.

Elle s'avance vers moi, avec grâce. Ce qu'elle est belle ! J'en suis bouche bée.

Au lieu de m'installer à son pupitre, je vais me placer entre le poêle et la boîte à bois. Personne ne me fera cuire, dans cette classe.

D'une voix plus douce que le plus précieux des velours, elle prononce ces mots :

— Voulez-vous enlever votre manteau, monsieur l'inspecteur ?

Ces paroles m'atteignent en plein cœur. En réalité, j'ai à peine entendu ce qu'elle a dit. Que des sons sortis de sa bouche exquise, venus caresser mes oreilles.

— Pa-pa-pa... pardon, mademoiselle ?

— Votre manteau, vous préférez le garder ?

— Non, vous voulez bien prendre aussi mon cha-cha, mon cha-cha, mon chapeau ?

— Avec plaisir, monsieur Roy.

Son sourire m'éblouit !

Je m'adresse aux élèves :

— Je laisserai le soin à votre institutrice de vous donner une courte dictée, que je corrigerai avant mon départ.

Ce qu'elle fait, pendant que je l'admire. Je pourrais la contempler pendant des heures. Lorsqu'elle a terminé, elle m'offre sa place, que j'accepte. Je garde toutefois un œil sur le poêle.

— Nous allons tout d'abord vérifier vos connaissances catéchistiques. Qui est le Créateur du monde et de toutes ses magnifiques, ses adorables, ses splendides créatures?

En me retournant, je la vois rosir. Moi aussi, j'ai chaud, et ce n'est pas parce que quelqu'un a rajouté une bûche!

Avant de laisser partir les enfants, je leur donne congé de devoirs et de leçons, comme il se doit.

Une fois seul avec la demoiselle, je m'aperçois que j'ignore toujours comment elle s'appelle.

— Vous voulez bien me ra-ra, me rappeler vo-vo, votre nom?

— Constance Giguère, monsieur l'inspecteur.

Giguère, ce nom me dit quelque chose. Je me souviens, maintenant. Le skieur! Le traître qui m'a volé le cœur de ma bien-aimée!

— Vous ne seriez pas parente avec une certaine Aurélie Brunelle?

— C'est le nom de fille de ma mère, vous la connaissez?

36

Bernadette

Petite-Rivière-Saint-François, le 6 juin 1970

Cher Gabriel,

Excuse-moi de ne pas t'avoir donné de nouvelles plus tôt. Ma sœur Bernadette a rendu l'âme le 25 mai dernier. Du 8 avril jusqu'à sa mort, je lui ai écrit presque chaque jour. J'ai souvent assisté à la messe à son intention, moi qui avais cessé d'y aller depuis longtemps. Je ne sais pas si j'ai vraiment prié, mais je me suis assise avec les autres. J'ai laissé ma pensée couler comme l'eau vers notre Ami suprême, et j'ai senti une sorte de paix m'envahir.

Je m'ennuie de Dédette du matin au soir et je la cherche partout, dans les nuages qui passent, dans le vent qui agite la cime des arbres, dans mon cœur. J'ai parfois le sentiment que, retranchée du visible pour nous, elle est néanmoins toute proche encore, et attentive à mon bien-être.

J'ai passé l'hiver dernier à New Smyrna Beach, en Floride, ce qui ne m'a guère revigorée. Je dois t'avouer que je n'écris pas en ce moment. Je m'en sens tout à fait incapable, j'ai le sentiment que plus jamais je ne le pourrai, qu'un ressort est cassé. D'ailleurs, je dois maintenant écrire mes textes à la main. Taper à la machine, comme je l'ai toujours fait, me cause trop de douleur.

Comme un malheur ne vient jamais seul, Dan Wickenden m'a écrit il y a quelque temps. Il m'annonçait que le comité de lecture a jugé très sévèrement La Rivière sans repos *et que Harcourt Brace ne le publiera pas en anglais. C'est la première fois que j'essuyais un tel refus, moi qui suis avec eux depuis vingt ans. Il me faut faire face à la réalité: je ne suis plus un écrivain accordé à son temps. Je souhaiterais être à peu près n'importe quoi d'autre que ce que je suis.*

C'est une époque cruelle à tous points de vue pour ceux qui vieillissent. On y est vite mis au rancart. J'en sais quelque chose, va, en dépit des honneurs qui sont d'ailleurs comme une sorte d'enterrement, plutôt tristes quand ils coïncident avec moins de lecteurs, moins de ventes, une sorte de déclin[27].

Prends bien soin de ta santé.

À bientôt, avec mes amitiés.

Gabrielle

Puisque Gabrielle semble avoir beaucoup de chagrin, j'ai décidé d'aller la visiter, à Petite-Rivière-Saint-François. Je suis en vacances, alors aussi bien en profiter pour joindre l'utile à l'agréable. Bien entendu, mon épouse m'accompagne. Lorsque je lui ai proposé l'excursion, elle ne m'a d'abord pas cru.

— Tu connais Gabrielle Roy ?

— C'est ma cousine, je ne t'en avais jamais parlé ?

Évidemment, que je ne lui en ai jamais parlé. Je me voyais mal lui raconter la passion ardente qui m'a déchiré le cœur.

— Gabrielle Roy, l'écrivaine ? Celle qui a écrit *Bonheur d'occasion*, *La Petite Poule d'Eau* et *La Montagne secrète* ?

Sur la route, les questions foisonnent :

— Tu ne l'as pas vue depuis longtemps ?

— Environ vingt-cinq ans.

— Pourquoi n'est-elle pas venue à notre mariage ?

— Elle m'a écrit pour me dire qu'elle avait un empêchement. Je crois qu'elle se trouvait à l'étranger.

En guise de cadeau, Gabrielle m'avait envoyé une statuette représentant l'archange Gabriel, accompagnée d'une petite note :

C'est le nom de l'archange, disait maman, qui annonce aux créateurs leurs œuvres à venir[28].

La statuette est à présent camouflée dans mon atelier. Constance ne l'a jamais vue.

— Pourquoi vos parents vous ont-ils appelés Gabrielle et Gabriel, comme des jumeaux ?

— Je l'ignore. Ils n'étaient peut-être même pas au courant de nos naissances respectives. Gabrielle habitait au Manitoba et moi dans les Cantons-de-l'Est.

— Comment vous êtes-vous connus, alors ?

Je lui raconte mon séjour dans l'Ouest canadien, la difficulté que j'avais à choisir un métier, notre première rencontre…

— Elle était jolie ? demande Constance.

Mes oreilles bouillonnent.

— Tu rougis, Gabriel. Me cacherais-tu quelque chose ?

Heureusement, j'aperçois la pancarte indiquant Petite-Rivière-Saint-François. Nous roulons depuis plusieurs heures. Je prends donc à droite, dans une pente qui semble plutôt abrupte.

Nous descendons, descendons, puis descendons encore. À ce rythme, nous allons nous retrouver non pas sur le bord de l'eau, mais bel et bien sous l'eau.

— Regarde, Gabriel, quel magnifique paysage !

— Je ne peux pas, je n'ai plus de freins !

Heureusement, c'était la dernière côte. Quand nous nous arrêtons enfin, j'ouvre le capot. Je tripote quelques fils et, comme je ne connais rien en mécanique, je le referme, l'air satisfait. De la fumée s'échappe des roues et du moteur.

Dans le village, la voiture avance à pas de tortue. Presque au bout de la route, je devine la maison de Gabrielle. Elle vient à notre rencontre. Gabrielle, pas la maison.

Je lui présente ma douce et nous nous installons dans la balançoire. Je ne vois Marcel nulle part. Je m'informe donc :

— Ton amoureux, dont tu m'as tant vanté les mérites, où se cache-t-il ?

— Il a dû rentrer à Québec, pour son travail.

— Que fait-il ? demande Constance.

— Il est médecin, gynécologue.

Nous nous donnons ensuite des nouvelles de nos familles et elle termine par Adèle :

— À mon dernier voyage au Manitoba, j'ai été exposée encore une fois à la haine que me porte ma sœur, qui est aussi ma marraine. Elle m'a accueillie au téléphone par une bordée d'injures. Elle menace maintenant de déposer un manuscrit contre moi, aux Archives nationales ou je ne sais où. J'ai su qu'il y a trois ou quatre ans, Adèle l'a proposé à presque tous les éditeurs de Montréal et d'ailleurs. Au fond, j'en ai toujours eu pitié, encore que l'expérience m'ait appris qu'elle est toujours prête à mordre. Il faut croire qu'elle était très malade et qu'elle le devient de plus en plus.

— Que peux-tu faire, Gabrielle ?

— Lorsque j'ai appris que le manuscrit d'Adèle circulait, j'ai demandé à Bernadette, devenue sœur Léon-de-la-Croix, de la convaincre de le retirer. Adèle lui a répondu : "Je ne veux plus te voir, ni entendre parler de toi."

Elle continue :

— Je sais que je peux m'attendre au pire de sa part, elle qui me hait depuis si longtemps. J'en ai perdu le sommeil et l'appétit.

Constance demande :

— A-t-elle déjà écrit, auparavant ?

— En 1954, elle a publié *Le Pain de chez nous*. Elle avait accepté plusieurs des corrections que je lui avais suggérées et en avait dactylographié une nouvelle version.

— Je n'ai jamais vu ce livre, dis-je.

— Elle en a vendu environ quatre cents exemplaires, la plupart en les distribuant elle-même.

— C'était un bon livre ? s'informe ma bien-aimée.

Gabrielle nous répond par un doux sourire, un peu grimaçant.

Je propose :

— Si tu parlais de ce nouveau manuscrit d'Adèle aux éditeurs avec lesquels tu travailles ?

— C'est déjà fait, ils ne peuvent rien.

Quelqu'un frappe à la porte. Gabrielle nous la présente :

— Voici Berthe, Berthe Simard, une femme admirable. Sans elle, je ne sais pas ce que je deviendrais. Elle s'occupe de tout et me traite aux petits oignons. Moi qui n'aime pas trop faire à manger, j'ai la chance de pouvoir compter sur elle. Tous les midis, après ma séance d'écriture, elle m'apporte un plat qu'elle a cuisiné. Je l'avais prévenue de votre arrivée, vous allez vous régaler.

— Votre automobile dégage une curieuse odeur, remarque madame Simard. Vous n'aimeriez pas la faire vérifier, avant de repartir ?

37

Le château de ma cousine

Québec, le 21 octobre 1977

Cher ami,

Je ne comprends pas ce qui m'arrive. Depuis qu'est sorti mon dernier livre, Ces enfants de ma vie, *qui s'appelait au départ* Mes enfants des autres, *je ne reçois que des louanges. J'en suis ébahie. Même mes anciens ennemis m'adressent des éloges. En tout cas, je monte en beauté les derniers échelons de ma vie. C'est vrai que j'ai encore le temps de redescendre.*

Le prochain livre terminé, je suppose que je demanderai au ciel le temps d'en faire un autre. Toujours un autre pour effacer les défaillances du précédent, pour faire un peu mieux, creuser davantage la parcelle de vérité que l'on explore. Le plus beau livre sera celui qu'on n'aura pas le temps de faire. Et en un sens, c'est mieux ainsi. On meurt sur sa faim, ce qui est la meilleure mort[29].

Une lettre de toi me ferait le plus immense plaisir, encore plus, une visite.

Un jour, te décideras-tu à venir prendre des vacances à Québec, où je te recevrai de grand cœur.

Passe un agréable automne.

Gabrielle
Château Saint-Louis
135, Grande Allée, app. 302
Québec

Cette fois-ci, j'ai bien noté l'adresse. Pour me rendre dans la ville de Québec et trouver la Grande Allée, aucun problème. Ensuite, j'ai commencé à chercher le château. J'ai cru que Gabrielle avait fait erreur, car je ne voyais aucun bâtiment de ce genre à l'horizon : ni tourelles ni donjon. J'ai continué à circuler dans le labyrinthe, à une vitesse que j'imagine plutôt restreinte, puisqu'une calèche m'a dépassé. Me voyant désemparé, le cocher s'est arrêté pour me demander :

— Je peux vous aider ?

— Je pense que je me suis trompé de rue pour le *Château Saint-Louis*.

— Juste devant vous, le 135.

J'ai arrêté de chercher le pont-levis et les fossés. J'ai plutôt garé ma voiture devant l'hôtel, qui s'appelle *Château Saint-Louis*.

Comme elle me l'avait promis, ma cousine m'a reçu à bras ouverts.

— Alors, Gabriel, où en sont tes projets d'écriture ?

— Sur la glace, pour l'instant. Je crois que je n'ai pas ton talent. C'est du moins ce que pensent les éditeurs.

— Quelle tâche que d'écrire, et qui ne devient jamais plus facile. Au contraire, à mesure que l'on avance, elle se fait de plus en plus dure, sans doute parce qu'elle exige de dire plus juste, plus vrai, plus profond encore.

— Peut-être devrais-je voyager davantage pour trouver l'inspiration, comme tu l'as fait.

— Pour écrire, on n'a vraiment besoin que d'une chambre tranquille, de soi-même et de papier, souligne Gabrielle. Le plus souvent dans mon cas, un cahier spirale cartonné. Par contre, j'ai toujours aimé travailler face à une fenêtre, et que cette fenêtre donne sur un aperçu de ciel et d'espace. Même si, appliquée à ma tâche, je ne vois plus le paysage, il suffit que je le sache là pour me sentir réconfortée, emportée.

— Comment se fait-il que l'on entende si peu parler de toi à la radio et dans les journaux? Tes lecteurs aimeraient sans doute en savoir davantage sur ta vie.

— Le devoir d'un écrivain, c'est d'écrire. Ce sont les livres qui parlent pour lui. Il n'a nul besoin de payer de sa personne, de se produire à la télévision et de raconter par le menu sa vie privée. Une œuvre se suffit à elle-même, elle a sa propre vie. Dès qu'un livre est né, il n'appartient plus à l'auteur.

— Pourquoi écris-tu, Gabrielle?

— Ceux qui se livrent à cette bizarre occupation le savent-ils vraiment? On écrit entre autres parce qu'on veut donner, parce qu'on veut partager avec les autres. Écrire, pour moi, c'est un besoin presque physique[30]. Toutefois, je passe beaucoup plus de temps en réécriture qu'en création. "Rappelez-vous, m'a dit un jour Simone*, une leçon que Sartre a vainement essayé de m'apprendre et qu'il aurait eu avantage à appliquer lui-même : *Le texte se démarque par le non-dit. C'est en élaguant l'arbre qu'on lui donne sa forme la plus parfaite.*"

— Tu travailles fort, mais tu es récompensée par les critiques que tu reçois, toujours plus élogieuses les unes que les autres.

— Détrompe-toi, Gabriel, certaines sont parfois catastrophiques. Les critiques deviennent chaque jour plus enragées, plus folles et si pleines de haine que c'en est incroyable.

Elle est sortie de la pièce, pour revenir avec un dossier assez volumineux, qu'elle m'a tendu :

« Alors que dans *Bonheur d'occasion* l'intérêt proprement romanesque était grand, la trame des récits de *La Petite Poule d'Eau* est fort mince, l'intrigue inexistante et l'analyse des cœurs en somme assez sommaire[31]. »

« Nous pouvons qualifier *Cet été qui chantait* d'œuvre inutile réservée aux amateurs d'insipidités, de bucolisme vétérinaire et de préciosité affectée[32]. »

« *La Montagne secrète* a de nombreux défauts. La narration en est trop faible et l'ouvrage manque de force et d'unité[33]. »

---

* Simone de Beauvoir.

— D'autres parlent, pour ce même livre, d'une œuvre ratée, qui manque de cohérence et de contrôle. Par contre, certains affirment qu'ils n'ont jamais vu de livre si prenant, si pur et si coloré.

— Peu importe, Gabrielle, tu as quand même vendu des milliers d'exemplaires.

— *Alexandre Chenevert* n'a pas connu un meilleur succès que *La Petite Poule d'Eau*, même avec une bonne critique, écoute : "Voici un roman, *Alexandre Chenevert*, d'une grande distinction, d'une grande intégrité, qui démontre une perspicacité plus profonde, une vision plus large, une maîtrise que l'auteur promettait déjà dans son précédent ouvrage[34]." Quant à *Bonheur d'occasion*, reprend-elle, il a sans doute eu plus de succès qu'il n'en méritait. Il m'a fait connaître comme une romancière de réalisme social, ce que je n'étais pas le moins du monde. J'ai alors eu peur d'être condamnée à ne décrire que le côté sombre de l'existence.

Aussi bien changer de sujet, pour ne pas la laisser s'enfoncer dans la mélancolie :

— Et Marcel, comment se porte-t-il ? Travaille-t-il toujours à l'hôpital ? Quand te décideras-tu à me le présenter ? Je ne l'ai encore jamais vu.

— Son équilibre nerveux demeure fragile. Marcel est atteint d'une sorte de neurasthénie qui le rend morose et difficile à supporter. Au début, sa passion démesurée me flattait, mais elle m'inquiétait aussi. Il ne pouvait pas se passer de moi et, quand je partais quelques mois, c'était la fin du monde. Moi, je l'aimais de tout mon cœur, mais j'avais besoin d'espace et de liberté pour écrire.

Je le comprends un peu, de ne pouvoir se passer d'elle, mais je n'ai fait aucun commentaire. Après tout, je suis marié !

Gabrielle a poursuivi :

— Je t'avoue que parfois, je suis inquiète pour lui et profondément découragée, car ses malheurs tiennent à son caractère et il n'arrive pas à changer sa manière de vivre. Là seul pourtant résiderait son salut. Tu n'imagines pas quel être complexe il est. Marcel a des gestes qu'il regrette aussitôt, mais le mal est fait. Il agit comme un adolescent qui se laisse porter par ses impulsions. La difficulté avec des malades nerveux comme Marcel, c'est qu'ils se croient capables de se guérir seuls, alors ils n'acceptent pas les conseils de leurs proches. Je crains pour lui une dépression nerveuse.

— Puisqu'il est médecin, il doit savoir comment se soigner, tu ne crois pas ?

— Je ne t'ai pas tout dit, Gabriel. Pendant l'été de 1954, j'ai trouvé des lettres d'amour que Marcel avait laissées traîner, sans doute par exprès. Bien sûr, je m'en étais doutée, mais j'ai quand même été terrassée. Comme la femme de Gide a dû l'être quand elle a lu les lettres de Marc Allégret. J'étais dans un tel état de rage que j'ai quitté la maison sans même prévenir et je me suis réfugiée à Baie-Saint-Paul. Je me suis enfermée dans ma chambre pendant plusieurs semaines. J'ai souffert comme jamais je n'avais souffert auparavant.

La douleur me clouait au lit et je glissais dans un sommeil troublé, rempli de cauchemars affreux. Je n'avais plus le moindre appétit, mon estomac était barbouillé comme si j'étais en haute mer. J'étais tombée au fond d'un tombeau dont je ne voulais plus me relever. Marcel ne m'a pas quittée tout de suite. Il tenait à son jardin de Petite-Rivière-Saint-François, à nos amis communs, à notre passé, mais surtout, il savait que sa carrière serait finie si la vérité était connue. À l'époque, il y a plus de vingt ans, la société était moins ouverte d'esprit. Je n'en ai jamais parlé, mais si ma vie était à refaire, je raconterais toute mon histoire avec Marcel, dans ce qu'elle a eu de plus radieux et de plus pénible. Le pays de l'amour véritable, je le sais maintenant, est le plus vaste qui soit[35].

— Tu n'as plus de nouvelles de lui?

— Parfois par téléphone, mais nous nous écrivons régulièrement.

Si elle avait été près de moi, j'aurais enlacé les mains de Constance dans les miennes.

38

1979 : *Le Miroir du passé*

Je viens de me procurer le livre d'Adèle : *Le Miroir du passé*, signé du nom de Marie-Anna A. Roy. Je l'ai acheté il y a trois jours, mais je ne l'ai pas dévoré, car j'aurais fait une indigestion. Il raconte, d'une façon malveillante, l'enfance de Gabrielle, sa vie. À coup sûr, Adèle n'a vraiment pas le talent de sa sœur. En voici quelques extraits, vous pourrez en juger :

« Gabrielle annonça son départ pour la fin août. Elle abandonna sa vieille mère infirme, attirée par le mirage d'une brillante carrière d'artiste qui ferait pleuvoir dans ses mains avides des centaines de milliers de dollars ! »

« Gonflée d'importance, enivrée de son succès, éblouie par les pièces d'or qui lui tombaient dans la main, Gabrielle ne s'apercevait pas, dans son égoïsme inconscient, du contraste aigu et cruel qui existait entre elle, heureuse et comblée de tout, et la pauvre Anna, malade, dans une "désespérance profonde" et se débattant contre une peur "obscure et mystérieuse". »

« Je compris que son succès et sa nouvelle fortune lui donnaient le vertige et que le fossé déjà creusé entre nous irait en s'élargissant davantage. »

« Plus les dollars affluaient, plus Gabrielle se croyait en butte à la jalousie de son entourage qui "voulait lui enlever son trésor". Elle qui avait versé des larmes de regret en pensant à son ingratitude envers sa défunte mère, et qui nous avait répété qu'elle travaillait pour assurer sa sécurité, à la moindre allusion à sa fortune se mettait en boule comme le hérisson :

— Je ne vois pas pourquoi je vous donnerais mon argent. Après tout, cet argent, c'est moi qui l'ai gagné et il m'appartient.

« Son air, son langage et ses manières attestaient les changements survenus. Sans peser ses paroles, elle disait :

— Ah ! la famille, tu as beau dire et beau faire, c'est toujours un obstacle sur la voie du succès[36]. »

Je me demande si Gabrielle l'a lu, ce livre détestable, ou si elle le lira un jour. Je souhaite que non, car avec sa santé chancelante, elle en tomberait sûrement malade.

On dirait que dans mon entourage, trop de personnes disparaissent, ces derniers temps. Tout d'abord mon père, emporté par la tuberculose. On croyait cette maladie éradiquée depuis longtemps, mais elle réussit encore parfois à se faufiler. Puis monsieur le curé, que l'on a retrouvé assis dans son fauteuil, violet. La rumeur court qu'il se serait étouffé avec son dentier. Mais ce n'est qu'une rumeur, vous saurez me le dire !

Ma mère, elle, se porte encore à merveille. L'été prochain, nous nous envolerons vers la France, le pays de ses ancêtres. Avec Constance, nous y passerons les mois de juillet et août.

À mon retour, je vais demander à Gabrielle de jeter un œil à la nouvelle version de mon manuscrit. Cette fois-ci, je crois que c'est la bonne !

Petite-Rivière-Saint-François, le 19 juillet 1980

Cher Gabriel,

En novembre dernier, j'ai dû faire un séjour de plus d'un mois à l'hôpital. Un petit infarctus m'a causé quelques problèmes. Depuis, ma santé s'est beaucoup améliorée. Cet été, j'ai pu accomplir une bonne quantité de travail. Pas autant qu'avant et pas autant que j'aimerais, certes, mais je ne suis pas complètement mécontente de ce que j'ai fait.

Une seule chose compte pour moi à présent : finir le livre que je m'acharne à terminer avec de pauvres mains, un pauvre souffle, un pauvre cœur. L'arthrite m'empêche de travailler plus d'une heure à la fois. Je donne mes derniers efforts, ce qui est une bonne manière, il me semble, d'arriver à la conclusion[37].

Affectueusement, mille bons baisers.

Gabrielle

Pour le plaisir des mots

« J'écoutais le vent, d'abord préoccupée de saisir ce qu'il disait, de définir ses grands coups de cymbale, ensuite sa pauvre plainte longuement étirée. Comment, sans autre instrument que lui-même, le vent produisait-il une telle variété de sons, un orchestre complet parfois d'éclats de rire et de douleur ! » *Rue Deschambault*, p. 256.

« J'ai toujours pensé du cœur humain qu'il est un peu comme la mer, sujet aux marées, que le joie y monte en un flux progressif avec son chant de vagues, de bonheur, de félicité ; mais, qu'ensuite, lorsque se retire la haute mer, elle laisse apparaître à nos yeux une désolation infinie. » *La Route d'Altamont*, p. 179.

« Le téléphone sonnait, sonnait, mais sans révéler qui se permettait de déranger ainsi… On sonnait les gens quand on voulait, peu importe s'ils étaient libres ou non. » *La Rivière sans repos*, p. 171 et 172.

« Peut-être les lucioles ne vivent-elles que le temps de briller un instant d'un vif éclat. Comme nous tous d'ailleurs ! » *Cet été qui chantait*, p. 175.

« Loin, au fond du plat pays, tout contre l'horizon tendu de bleu vif, une ligne basse de buissons embrasés des couleurs de l'automne semblait brûler. Si forte était l'illusion du feu que l'on voyait trembler l'air là-bas, comme au-dessus d'un brasier. » *Ces enfants de ma vie*, p. 143.

« Presque tous les humains, au fond, sont nos amis, pourvu qu'on leur laisse la chance, qu'on se remette entre leurs mains et qu'on leur laisse voir le moindre signe d'amitié. » *De quoi t'ennuies-tu, Évelyne ?*, p. 34.

« Nous Lui offrons nos chagrins assez souvent, Il doit aimer aussi recevoir le don de notre joie. » *Ma chère petite sœur*, p. 157.

Notes

1. Adapté de *La Galerie des maîtres d'école et des instituteurs*.
2. Adapté de *La Détresse et l'Enchantement*, p. 13, 52, 130 et *Le temps m'a manqué*, p. 66.
3. Adapté de *Gabrielle Roy – Une vie*, p. 113.
4. Adapté de *La Détresse et l'Enchantement*, p. 87-88.
5. Adapté de « L'Enfant morte », *Cet été qui chantait*.
6. Adapté de *Rue Deschambault*, p. 293 et *Gabrielle Roy – Une vie*, p. 132.
7. Adapté de *Rencontre et entretiens avec Gabrielle Roy* et *Ces enfants de ma vie*.
8. Adapté de *Ces enfants de ma vie*, p. 148.
9. *Au pays de Gabrielle Roy*, p. 66.
10. Adapté de *La Route d'Altamont*, p. 231.
11. Adapté de *Gabrielle Roy – Une vie*, p. 173.
12. Ces lettres sont adaptées de *La Détresse et l'Enchantement*.
13. Adapté de *La Nuit obscure de l'âme,* p. 221.
14. Adapté de *Le Pays de Bonheur d'occasion, Rencontres et entretiens avec Gabrielle Roy* et *La Détresse et l'Enchantement*.

15. Adapté de *Rencontre et entretiens avec Gabrielle Roy,* p. 150 et *Gabrielle Roy – Une vie*, p. 207.

16. Adapté de *Le Pays de Bonheur d'occasion*, p. 49 et *Le temps qui m'a manqué*.

17. Adapté de *Gabrielle Roy – Une vie*, p. 250.

18. *De quoi t'ennuies-tu, Évelyne ?*, p. 100.

19. Adapté de *Fragiles lumières de la terre*, p. 42-75.

20. Deacon, dans *Gabrielle Roy par elle-même*, p. 60.

21. Adapté de *Comment j'ai reçu le Fémina* dans *Fragiles lumières de la terre* et *La Nuit obscure de l'âme*, p. 227.

22. Adapté de *Rencontres et entretiens avec Gabrielle Roy,* p. 101.

23. *Gabrielle Roy par elle-même*, p. 77.

24. Adapté de *Rencontres et entretiens avec Gabrielle Roy,* p. 196.

25. Adapté de *Le Pays de Bonheur d'occasion*, p. 100 et *Mon cher grand fou*, p. 264.

26. Adapté de *Cet été qui chantait*.

27. Adapté de *Ma chère petite sœur*, p. 137.

28. *La Nuit obscure de l'âme,* p. 229.

29. *Gabrielle Roy – Une vie*, p. 484.

30. Adapté de *Le temps qui m'a manqué*, p. 89, *Gabrielle Roy – Une vie*, p. 424, *Gabrielle Roy par elle-même*, p. 10 et *La Détresse et l'Enchantement*, p. 402.

31. Sylvestre, 1951, dans *Gabrielle Roy – Une vie*, p. 334.

32. *Le Soleil*, 1972, dans *Gabrielle Roy – Une vie*, p. 457.

33. Murphy, 1963, dans *Gabrielle Roy par elle-même*, p. 104-105.

34. Heideman, 1956, dans *Gabrielle Roy par elle-même*, p. 70.

35. Adapté de *La Nuit obscure de l'âme*, p. 127-128 et *Ma chère petite sœur*, p. 158.

36. *Le Miroir du passé,* p. 123, 172, 173 et 176.

37. Adapté de *Gabrielle Roy – Une vie*, p. 509 et 513.

Gabrielle Roy – Chronologie

1886 : mariage de Léon Roy et Mélina Landry, tous deux originaires de la province de Québec, le 23 novembre. Elle a dix-neuf ans et lui trente-six. Ils s'établissent à Saint-Alphonse, au Manitoba.

1909 : le 22 mars, naissance à Saint-Boniface de Marie Rose Emma Gabrielle Roy, cadette d'une famille de onze enfants.

1915 à 1928 : études primaires et secondaires à l'Académie Saint-Joseph de Saint-Boniface.

1921-1922 : elle rate sa septième année.

1928-1929 : études au Provincial Normal School de Winnipeg.

1929 : mort de son père, le 20 février.

1929 : en juin, elle enseigne un mois à l'école de Marchand.

1929-1930 : à Cardinal, elle enseigne toute l'année.

1930-1931 : elle obtient un poste permanent à Saint-Boniface, à l'Institut Provencher.

1932 : premier voyage au Québec, pour prendre des leçons d'élocution à Montréal.

1937 : durant les vacances, enseigne à la Petite Poule d'Eau.

1937-1939 : voyage en Europe (Angleterre et France).

1938 : *Je suis partout*, hebdomadaire parisien, publie ses premiers articles.

1939 : retour au Canada, la Deuxième Guerre mondiale étant imminente ; elle habite Montréal, au 178, rue Stanley, puis au 4059, rue Dorchester.

1940-1945 : publication de reportages couvrant les Îles-de-la-Madeleine jusqu'à l'Alaska, dans les revues *Le Jour*, *La Revue moderne* et *Le Bulletin des agriculteurs*.

1943 : décès de sa mère, Mélina Landry, le 26 juin ; l'*Hôtel Ford* (aujourd'hui Radio-Canada) devient son pied-à-terre.

1945 : parution de son premier roman, *Bonheur d'occasion*, qui sera traduit en 14 langues.

1946 : elle s'isole deux mois en Californie.

1947 : mariage avec Marcel Carbotte ; elle est élue membre de la Société royale du Canada ; elle remporte le prix Fémina pour *Bonheur d'occasion* et la médaille du *Governor General's Literary Award for the best fiction of 1947*, pour *The Tin Flute*, la traduction anglaise de *Bonheur d'occasion*. Le prix du Gouverneur général n'était alors réservé qu'aux œuvres publiées en langue anglaise.

1947-1950 : séjour en Europe.

1950 : de retour au Canada, elle s'installe dans la ville de LaSalle.

1952 : elle s'établit à Québec, au *Château St-Louis*.

1956 : prix Duvernay, de la Société Saint-Jean-Baptiste.

1957 : prix littéraire du Gouverneur général du Canada pour *Street of Riches* (traduction anglaise de *Rue Deschambault*).

1957 : acquisition d'une maison de campagne à Petite-Rivière-Saint-François, dans la région de Charlevoix, où elle passera tous ses étés.

1967 : elle est nommée compagnon de l'Ordre du Canada.

1968 : médaille du Conseil des Arts du Canada pour l'ensemble de son œuvre.

1970 : prix David, à l'époque la plus haute distinction du gouvernement du Québec en littérature ; mort de sa sœur Bernadette, de qui elle était très proche.

1977 : prix littéraire du Gouverneur général pour *Ces enfants de ma vie*.

1978 : prix Molson du Conseil des Arts du Canada, reconnaissant une contribution exceptionnelle à la vie culturelle et intellectuelle du Canada.

1979 : prix de littérature de jeunesse du Conseil des Arts du Canada pour *Courte-Queue*.

1982 : un extrait du roman *Bonheur d'occasion* est gravé sur un des murs de la Chapelle du Souvenir située dans la Tour de la Paix du parlement du Canada.

1983 : le mercredi 13 juillet, à 21 h 45, l'infarctus est massif. Gabrielle Roy décède à l'Hôtel-Dieu de Québec. Elle a soixante-quatorze ans.

2004 : la Banque du Canada émet un billet de vingt dollars qui comporte une citation extraite d'un roman de Gabrielle Roy, *La Montagne secrète* : « Nous connaîtrions-nous seulement un peu nous-mêmes sans les arts ? *Could we ever know each other in the slightest without the arts ?* »

Bibliographie

Bonheur d'occasion, Montréal, Éditions Pascal, 1945.

La Petite Poule d'Eau, Montréal, Éditions Beauchemin, 1950.

Alexandre Chenevert, Montréal, Éditions Beauchemin, 1954.

Rue Deschambault, Montréal, Éditions Beauchemin, 1955.

La Montagne secrète, Montréal, Éditions Beauchemin, 1961.

La Route d'Altamont, Montréal, Éditions HMH, 1966.

La Rivière sans repos, Montréal, Éditions Beauchemin, 1970.

Cet été qui chantait, Montréal, Éditions Françaises, 1972.

Un jardin au bout du monde, Montréal, Éditions Beauchemin, 1975.

Ma vache Bossie, Montréal, Éditions Leméac, 1976.

Ces enfants de ma vie, Montréal, Éditions Stanké, 1977.

Fragiles lumières de la terre, Montréal, Éditions Quinze, 1978.

Courte-Queue, Montréal, Éditions Stanké, 1979.

De quoi t'ennuies-tu, Évelyne ? suivi de Ely! Ely! Ely!, Montréal, Éditions Boréal Express, 1982.

La Détresse et l'Enchantement, Montréal, Éditions du Boréal, 1984.

L'Espagnole et la Pékinoise, Montréal, Éditions du Boréal, 1987.

Ma chère petite sœur. Lettres à Bernadette 1943-1970, Montréal, Éditions du Boréal, 1988.

Le temps qui m'a manqué, Montréal, Éditions du Boréal, 1997.

Contes pour enfants, Montréal, Éditions du Boréal, 1998.

Le pays de Bonheur d'occasion, Montréal, Éditions du Boréal, 2000.

Mon cher grand fou... Lettres à Marcel Carbotte 1947-1979, Montréal, Éditions du Boréal, 2001.

Femmes de lettres, Lettres de Gabrielle Roy à ses amies 1945-1978, Montréal, Éditions du Boréal, 2005.

Rencontre et entretiens avec Gabrielle Roy, 1947-1979, Montréal, Éditions du Boréal, 2005.

Heureux les nomades et autres reportages, Montréal, Éditions du Boréal, 2007.

Références

Daunais, Isabelle. « L'art de raconter une vie », *L'atelier du roman n° 62, Gabrielle Roy: le petit grand contexte*, Paris, Flammarion, 2010.

Hesse, M. G. *Gabrielle Roy par elle-même*, Montréal, Les éditions internationales Alain Stanké, 1985.

Renée, Louise. « La nuit obscure de l'âme (Journal de Gabrielle, 1980) », *Sillons: hommage à Gabrielle Roy*, Saint-Boniface, Les Éditions du blé, 2009.

Ricard, François. *Gabrielle Roy – Une vie*, Montréal, Éditions du Boréal, 1996.

Roy, Alain. *Gabrielle Roy: L'idylle et le désir fantôme*, Montréal, Éditions du Boréal, 2004.

Roy, Marie-Anna A. *Le Miroir du passé*, Montréal, Québec-Amérique, 1979.

Saint-Pierre, Annette. *Au pays de Gabrielle Roy*, Saint-Boniface, Les Éditions des plaines, 2005.

Sauriol, Louise-Michelle. *Petite Gabrielle deviendra grande*, Saint-Boniface, Les Éditions des plaines, 2010.

Stanké, Alain. « Gabrielle Roy – La promesse et… le désenchantement », *Occasion de bonheur*, Montréal, Hurtubise, 2008.

Vanasse, André. *Gabrielle Roy, écrire, une vocation*, Montréal, XYZ éditeur, 2004.

Villin, André et Lesage, Pierre. *La Galerie des maîtres d'école et des instituteurs (1920-1945)*, Paris, Plon, 1987.

Documents audiovisuels

Société Radio-Canada. *Le Destin d'une institutrice de Saint-Boniface*, 14 juillet 1983, [télé], Montréal, 2 min 14 sec.

Société Radio-Canada. *Une auteure en devenir,* Société, 15 septembre 1945, [radio], Montréal, 14 min 26 sec.

Société Radio-Canada. *Bonheur d'occasion,* 15 septembre 1945, [radio], Montréal, 35 min 36 sec.

Société Radio-Canada. *Gabrielle Roy évoque son enfance*, 30 janvier 1961, [télé], Montréal, 27 min 53 sec.

Société Radio-Canada. *La Tendresse d'une romancière,* 4 novembre 1967, [radio], Montréal, 23 min 55 sec.

Société Radio-Canada. *La Mystérieuse séduction de Gabrielle Roy,* 8 octobre 1996, [radio], Montréal, 7 min 22 sec.

Société Radio-Canada. *Lauréate du prix David,* 12 mars 1971, [radio], Montréal, 4 min 23 sec.

Société Radio-Canada. *Une œuvre authentique,* 14 juillet 1983, [radio], Montréal, 9 min 15 sec.

Société Radio-Canada. *Ces enfants de ma vie,* 7 février 1982, [télé], Montréal, 1 min 03 sec.

Société Radio-Canada. *Cinquante ans de* Bonheur d'occasion, 30 septembre 1995, [télé], Montréal, 9 min 29 sec.

Société Radio-Canada. *François Ricard et Gabrielle Roy*, 5 octobre 1995, [radio], Montréal, 12 min 57 sec.

Société Radio-Canada. *Au pays de Gabrielle Roy*, 28 octobre 2005, [radio], Montréal, 9 min 34 sec.

Léa Pool, *Gabrielle Roy*, Direct source, [dvd], Montréal, 2007, 77 min.

Société Radio-Canada. *Hommage à Gabrielle Roy*, série « Les grands reportages », [télé], Montréal, 2009, 60 min.

Table des matières

GARANT DES FORÊTS
INTACTES

Achevé d'imprimer en février 2011
sur les presses de Marquis Imprimeur
Montmagny, Québec